ANA

Aliesa Frigger

ANA

Die Wahrheit einer Lüge

Roman

Bibliografische Information der Deutschen Nationalbibliothek
Die Deutsche Nationalbibliothek verzeichnet diese Publikation
in der Deutschen Nationalbibliografie; detaillierte bibliografische Daten
sind im Internet über http://dnb.d-nb.de abrufbar.

Satz, Umschlaggestaltung, Herstellung und Verlag:
Books on Demand GmbH, Norderstedt
ISBN 978-3-8391-5576-9

Wenige Tage bevor Ana sich mit den Überlegungen ihres Berufsausstiegs auseinandersetzte, war ihr im Handelsblatt ein Bericht über das Insolvenzverfahren der Rother-Damenkollektion aufgefallen. In dem Familienunternehmen hatte sie in den fünfziger Jahren ihre Ausbildung gemacht. Als Lehrling schuftete sie damals für ein kleines Taschengeld. Derzeit musste sie als Jüngste im ersten Lehrjahr zweimal täglich den Nähsaal fegen, dabei wurde sie von den Näherinnen oft ankrakeelt, weil die sich in ihrer Akkordarbeit gestört fühlten.Ana ärgerte sich fürchterlich darüber, war sie sich ihrer Wehrlosigkeit bewusst, der sie in solchen Situationen ausgesetzt war.

Als Kind war sie in ihrem Elternhaus immer um Folgsamkeit bemüht, obwohl sie manchmal geneigt war mit wütenden Augen zu widersprechen. Im Alter von zwölf Jahren, sie war noch zart und schmächtig, hatte ihre Mutter an einem kühlen Herbstmorgen die von Ana versteckte grob gestrickte Schafswolljacke hervorgekramt und pochte darauf, die Jacke ohne Widerspruch auf dem langen Schulweg anzuziehen. Voll ohnmächtiger Wut ging Ana eine Abkürzung, auf der ihr niemand begegnete. Hier schrie sie ihren Ärger laut in die Morgenstille. Sie war sehr niedergeschlagen, was konnte sie tun, der Mutter zu widersprechen wagte sie nicht, das Gespött ihrer Schulfreundinnen wollte sie nicht ertragen und die gehasste Jacke im Gebüsch zu verstecken war ihr zu gewagt. Ihr war, als stürzten die Wolken vom Himmel.

Oft war sie sehr enttäuscht, dass sie kein Verständnis für ihre Empfindungen fand.

Während ihrer Lehrzeit, als die Schaukästen am Kino den Film »Die Sünderin« mit Hildegard Knef ankündigten, spülte eine Woge der Empörung durch die kleine Stadt. Noch in der Nacht wurden die Kästen von bibeltreuen Händen mit schwarzer Farbe beschmiert. Ohne die angebliche Anstößigkeit in dem Film gesehen zu haben, gebärdeten sich die Frauen im Nähsaal so entrüstet, als seien sie selbst in ihrer Nacktheit ertappt worden. Ana konnte sich das aufgeregte Gezeter der Näherinnen nicht erklären, allmählich regte sich in ihr das Gefühl der Neugier. In ihrer Phantasie konnte sie in der Blöße kein verächtliches Verhalten erkennen.

Ana nahm einen grünen wadenlangen Rock von dem Kleiderständer, den sie zu ihrer Zwischenprüfung geschneidert hatte. Grün war ihre Lieblingsfarbe, in der sah sie die Wirklichkeit der Natur. Gelb empfand sie nicht besonders kleidsam, für sie war Gelb eine Postkastenfarbe. Auch den Farben Rot und Violett vermochte sie in der Mode keinen Geschmack abzugewinnen, ihr waren die Farben zu fromm. Mit geübten Griffen trennte Ana das derbe Futter aus dem Rock, so dass der weiche grüne Stoff durchsichtig wurde. Außerdem schnitt sie mit der Schere von der Länge des Rocks noch eine extra breite Bahn ab, somit wurden ihre Knie nicht mehr bedeckt. Am folgenden Sonntagmorgen ging Ana in ihrer unbekümmerten Neugier auf die Straße. Sie trug das durchsichtige Röckchen, in dem ihre schlanken Beine bis zum Po zu sehen waren. Von den Männern, die ihr entgegenkamen, wurde sie mit dreisten Blicken angestarrt. Die Frauen schüttelten entrüstet den Kopf und raunten sich unverständliche Worte zu.

Während die zahlreichen Kirchgänger ihre Aufmerksamkeit auf Ana richteten, verspürte sie ein stärker werdendes Unbehagen. Am nächsten Tag schwadronierten die Näherinnen hinter Anas Rücken über anstößige Unanständigkeit. Ana ertrug es mit Gelassenheit. In einigen Monaten war ihre Abschlussprüfung. Die Meisterin, die Anas Talent schon zeitig erkannt hatte und sie besonders förderte, hatte die Gesellenprüfung um ein halbes Jahr vorgezogen. Sie war zwar enttäuscht, hatte aber ein besonderes Verständnis für Ana, die nach dem Lehrabschluss die Firma verließ, um aus der Provinz in eine Großstadt zu ziehen.

Ana hatte ihren Koffer gepackt und wartete am Bahnsteig auf den Zug in die ferne Stadt. Als sie in das Zugabteil stieg, ließ sie den Koffer stehen. Die Lok stieß einen Pfiff aus und setzte sich langsam in Bewegung. Ana stand am offenen Fenster, bis der Koffer aus ihrem Blickfeld verschwunden war.

Die letzten Winterschauer schlugen gegen die Fensterfront. Ana nahm das nasse Wetter nicht wahr. Langsam legte sie den Telefonhörer beiseite. Der Anruf wirbelte ihre Gedanken durcheinander, sie konnte sich nicht mehr auf ihre Arbeit konzentrieren. Gregor hatte sich aus Istanbul gemeldet und ihr versichert, dass er morgen zurück sei und sie wie verabredet am Airport-Hotel erwarte. Ana war sehr überrascht und konnte nur *Danke, ich freue mich sehr auf morgen* antworten.

Es war erst eine Woche vergangen, seit sie Gregor Stahl auf der Antikmesse kennen gelernt hatte. Beim Stöbern hatte sie auf dem Stand des Kunst-Handelshauses Stahl einen türkisfarbenen Diwan entdeckt. Einen Diwan, wie sie ihn aus der guten Stube ihrer Großmutter kannte. In der Struktur des Bezuges waren die gleichen orientalischen Ornamente zu erkennen, die einst bunte Märchenträume in ihre Kinderaugen gezaubert hatten.

Ana, eine elegante Frau von sechzig Jahren, der man das Alter nicht ansah, war Inhaberin einer bekannten Modefirma und mit einem Künstler verheiratet.

Vor einigen Wochen hatte sie sich entschlossen, sich aus der Modebranche zurückzuziehen und ihr Unternehmen zu verkaufen. Dieser Gedanke hatte etwas Beruhigendes für sie. Sie wollte die Ereignisse ihres Lebens noch beeinflussen, sie wollte, wie sie es ihr ganzes Leben getan hatte, die Zukunft nicht dem Zufall überlassen. Ihr war bewusst, dass man sich dem Schicksal nicht entziehen konnte. Doch mit ihren sechzig stand sie noch nicht am Rande des Lebens. Ihr Anspruch auf Sinnlichkeit war wacher denn je.

Als Ana sich mit Gregor Stahl über den Kauf des Diwans handelseinig geworden war, wollte sie etwas essen.

Obwohl Gregor tagsüber allenfalls ein belegtes Brötchen zu sich nahm, erbot er sich, Ana ins Messerestaurant zu begleiten. Trotz Mittagsgedränge fanden sie einen frei werdenden Zweipersonentisch. Auf der Speisekarte wurden neben Salaten nur zwei Standardmenüs angeboten. Während sie bei der Kellnerin Kalbsfrikassee bestellten, fragte Gregor Ana, was sie trinken wolle. *Weißwein*, sagte sie, worauf er eine Flasche Sauterne verlangte.

Nachdem er ihr eingeschenkt und mit erhobenem Glas zugeprostet hatte, wurde er sehr zurückhaltend. Ana hatte das Gefühl, einem schweigenden Koloss gegenüberzusitzen, dessen Gedanken wahrscheinlich nur um antike Luxusmöbel kreisten. Beim zweiten Glas Wein fragte sie: *Haben Sie mich begleitet, um wie ein Buddha zu schweigen?* Schmunzelnd fügte sie hinzu: *Haben Sie nichts erlebt, was Sie mir erzählen könnten?* Er sah Ana überrascht an. *Entschuldigen Sie, meine Gedanken waren schon auf der Reise nach Istanbul. Es tut mir leid, dass ich mich so wortkarg verhalte. Nicht von ungefähr behaupten Frauen, dass ich ein unausstehlicher Mensch sei.*

Gregor Stahl, ein kräftiger Zweimetermann, lebte seit Jahren getrennt von seiner indischen Frau. Er hatte sich immer nur um sein Geschäft gekümmert.

Noch während des Studiums hatte er den Kunsthandel seines Vaters übernommen. Die ständige Hetze im Beruf hielt ihn offenbar davon ab, über grundsätzliche Bedürfnisse des Lebens nachzudenken, und vom Umgang mit Frauen hatte er wenig Ahnung.

Gregor fand es peinlich, wenn er sich Frauen gegenüber so schrullig verhielt. In den Jahren nach der Trennung von seiner Frau hatte sich die Welt für ihn verändert, und er hatte sich jeder Einsicht verschlossen, dass auch andere Frauen begehrenswert waren. Um sein Alleinsein zu ertragen, arbeitete er Tag und Nacht, er war zum Workaholic geworden. Ein Freund hatte ihm zynisch vorgeworfen, er müsse doch völlig geschlechtslos geworden sein, wenn es ihm nicht mehr gelänge, Gefallen an weiblichen Wesen zu finden.

Sein künstlerisches Gespür für wertvolle antike Möbel allerdings hatte Gregor nicht verloren. Es war zu einer Leidenschaft geworden, die ihm großes Ansehen und viel Geld eingebracht hatte.

Ana blickte Gregor offen an und sagte auf dessen Bekenntnis: *Mit einem unausstehlichen Mann würde ich mich nicht an einen Tisch setzen. Für mich ist das heute ein gelungener Tag. Ich habe den schönsten Diwan erstanden, und der Kunsthändler Gregor Stahl bringt die Zeit auf, mit mir essen zu gehen. Ich glaube, es würde Ihnen gut tun, wenn Sie Ihre Geschäfte für eine Weile vergessen könnten. Ich hoffe, es war nicht nur eine höfliche Geste von Ihnen, mich ins Restaurant zu begleiten.*

Gregor war einen Moment von ihrer unbefangenen Offenheit überrascht und erwiderte: *Sie dürfen mir keinen Vorwurf machen, ich möchte, dass Sie sich in meiner Gegenwart wohl fühlen. Jedenfalls sind es nicht die Geschäfte, die mir Sorgen bereiten. Obwohl ich ein hervorragendes Mitarbeiterteam habe, renne ich ständig gegen die Zeit an. Man müsste sich Zeit kaufen und auf Lager halten können. Ich habe viel Mühe mit meinen Terminen, besonders wenn ich Flugzeuge verpasse und meine Reisepläne durcheinandergeraten. Ich schätze, dass Sie mich jetzt dazu gebracht haben, über mein chaotisches Zeitmanagement ernsthaft nachzudenken, um dieses Dilemma bald in Ordnung zu bringen. Ich möchte mich gerne noch ein wenig mit Ihnen unterhalten. Wir könnten nach dem Essen auf einen Cappuccino in die Cafeteria gehen.*

Einverstanden, sagte Ana, *ich bin überzeugt, dass Sie ein angenehmer Mensch sind*. Nach einer kleinen Pause fügte sie hinzu: *Nicht dass Sie denken, es sei eine Gewohnheit von mir, aber ich könnte mir vorstellen, dass wir irgendwann einen Tag und eine Nacht zusammen verbringen.*

Gregor antwortete nicht gleich. Ana musterte ihn. Nach einer Denkpause sagte er: *Ich bin kein Mensch, der leichtfertig seine Prinzipien aufgibt, aber ich muss Ihnen gestehen, dass ich manchmal etwas freier sein und für ein, zwei Tage aus dem Geschäft ausbrechen möchte. Doch bisher habe ich das nicht zugelassen. Sie werden es kaum für möglich halten, aber ich habe lange Zeit keine Frau gesehen, die so entschlossen wirkt wie Sie. Ich finde es sehr reizvoll. Ich denke, wir sollten uns näher kennen lernen – doch nicht irgendwann, sondern bald. Möglich wäre schon das nächste Wochenende, wenn ich aus der Türkei zurück bin.*

Er spürte ein gewisses Unbehagen bei seinen Worten. Was, so fragte er sich, veranlasste ihn, unvermittelt ein Treffen vorzuschlagen? Wollte er etwas wieder in Gang bringen, was in seiner Erinnerung verschüttet war? Es gab wenige attraktive Frauen, von denen er sich angezogen fühlte.

Ana dachte nicht lange nach und nahm seinen Vorschlag an. *Wir könnten uns am Flughafen treffen, das wird ein schöner Tag werden.* Gregors Augen glänzten. *Das ist großartig,* sagte er und prostete ihr mit dem letzten Schluck Wein zu.

Am Vormittag hatte Ana einen Stapel Geschäftspapiere zur Cosmos-Consulting gebracht, um den Verkauf ihres Unternehmens vorzubereiten. Ihre Modefirma war zwar klein, aber Ana ging davon aus, dass ihr Betrieb eine gute Bewertung finden würde.

Im Restaurant des Airport-Hotels setzte sie sich an die Fensterseite und bestellte einen Campari Orange. Von hier konnte sie im grellen Licht der Mittagssonne einen Teil des Rollfeldes übersehen. Bis zur Landung der Turkish-Airlines-Maschine dauerte es noch eine Stunde. Ana war etwas nervös, ein diffuses Gefühl der Freude hatte sie in der Nacht nicht schlafen lassen. Sie empfand brennende Neugier auf den Mann, den sie vor einer Woche zum ersten Mal gesehen hatte.

Ana versuchte sich abzulenken und beobachtete die herabschwebenden Flugzeuge. Aus dem Lautsprecher war die Landung der Maschine aus Istanbul angekündigt worden. Ana ging zur Empfangshalle. Sie achtete darauf, dass sie die Automatiktür, durch die die Passagiere kamen, nicht aus den Augen verlor.

Ana hatte Gregor sofort entdeckt, er war dank seiner Größe leicht zu erkennen. Sie ging einige Schritte auf ihn zu, und auch er erkannte sie gleich. Er sagte *Oh! Guten Tag* und versuchte ihre Hand zu erreichen. Die nachfolgenden Passagiere drängten beide zur Seite. Ana blickte zu ihm auf, Freude war ihr anzumerken, als sie sagte: *Schön, dass Sie gekommen sind.* Sie nahm seine große Hand und drückte sie spontan.

Gregor sah sich in der belebten Halle um und fragte: *Wollen wir hier stehen bleiben, oder sollten wir einen exklusiveren Ort aufsuchen, vielleicht das Hotelrestaurant, und ein Glas Champagner trinken? – Das ist ein guter Vorschlag*, antwortete Ana. *Ich habe bereits vor einer Stunde dort gesessen, um die Wartezeit zu überbrücken.*

Im Restaurant herrschte mittlerweile unruhige Betriebsamkeit. Als Gregor eine Flasche Champagner bestellte, empfahl der Ober einen vielversprechenden Pommery und riet ihnen, nebenan in der Lounge Platz zu nehmen, dort sitze es sich angenehmer. In dem eleganten, großzügig eingerichteten Raum befanden sich nur wenige, dunkel gekleidete Gäste.

Ana musterte den Mann, der ihr gegenübersaß, ob es auch ein anderer hätte sein können. Nein, Gregor war ihr nicht fremd, seit er ihre Neugier geweckt hatte. Sie spürte starke Zuneigung. Gregor entging nicht, dass Ana ihn prüfend anblickte. Er nahm sein Champagnerglas. *Was meinen Sie, ist es jetzt nicht an der Zeit, dass wir Du zueinander sagen? – Das denke ich auch*, sagte Ana. Beide leerten ihre Gläser und lachten gemeinsam. Sie unterhielten sich noch einmal über den Diwan, der sie zusammengeführt hatte, und bemerkten nicht, wie die Zeit verging. Die Flasche Pommery hatten sie ausgetrunken und nur einige Cracker dazu gegessen. Gregor fragte: *Ana, hast du Lust, das Ambiente zu wechseln? Etwa zwanzig Autominuten von hier liegt das ›Gutshotel im Park‹, dort war ich schon einmal zu einem Kongress. Es wird dir sehr gefallen. – Gerne*, antwortete Ana, *warum sollten wir das nicht? Ich bin sehr gespannt, was mich heute noch erwartet.* – Du wirst überrascht sein, sagte er und nahm ihre Hand. Sein Gesicht wurde sehr lebendig. *Ich bin überzeugt, dass sich deine Erwartungen erfüllen werden.*

Im Taxi drängte Ana ihre Knie an Gregor. Er spürte eine eigenartige Unruhe. Welch verkorkstes Leben er doch führte! Bisher hatte er nur in geschäftlichen Dimensionen gedacht. Wenn es um seine Firma ging, konnte er große Hartnäckigkeit und Energie entwickeln. Eigentlich sollte er es toll finden, dass ihn eine Frau nach all den Jahren sexuell erregte. Er hätte schon fast das Treffen abgesagt, aber er mochte sie und wäre gern mit ihr ins Bett gegangen. Deshalb hatte er im »Gutshotel im Park« eine Suite gebucht.

Vor dem imponierenden Hotelgebäude im Park befand sich eine großzügige Brunnenanlage. In der noblen Lobby überreichte man Gregor seine Schlüsselkarte. Er erklärte Ana, dass er schon vorher alles geregelt habe, denn dieses Hotel mitten auf dem Land, in der Nähe eines europäischen Wirtschaftszentrums, sei durch Konferenzen oft ausgebucht. Gregor schaute auf seine Armbanduhr. Es war halb fünf nachmittags, als sie ihre Suite betraten. Auf dem Tisch stand ein riesiger Früchtekorb mit einer Flasche Sekt. Ana sah sich erstaunt um.

Der Wohnbereich war durch ein offenes, wandhohes Edelholzregal vom Schlafzimmer und einem großen eleganten Badezimmer getrennt. In den Räumen roch es angenehm nach Jasmin.

Mit einer einladenden Geste fragte Gregor: *Ana, wie gefällt dir die Suite?* Seine Stimme klang vergnügt. *Bei meinem vielen Unterwegssein leiste ich mir öfter ein Luxuszimmer, um den perfekten Service eines guten Hauses zu genießen, und heute liegt ein besonderer Grund vor. Es klingt vielleicht verrückt, aber bisher konnte ich mich nicht damit rühmen, eine Frau getroffen zu haben, die mich beglückt wie du.*

Das schmeichelt mir sehr, erwiderte Ana, nahm eine der belgischen Pralinen aus dem Silberkörbchen, welches neben einer Blumenschale auf dem Sideboard stand, und biss eine Hälfte ab. Wortlos schob sie diese zwischen seine Lippen. Gregor war erstaunt über Anas Unbefangenheit und blickte sie eine Zeit lang sprachlos an. Dann sagte er: *Verzeihung, was ich jetzt unbedingt brauche, ist ein Bad. Ich werde mich beeilen. – Lass dir Zeit,* antwortete Ana, *ich langweile mich nicht. Wenn ich einen Wunsch hätte, würde ich das schon sagen.*

Ana stand gedankenversunken am Fenster. Über der Parklandschaft lag schon das bleiche Licht der Dämmerung. Im Hintergrund klang aus dem Bad ein leises Plätschern. Sie fragte sich: *Ist Gregor wirklich von mir so beeindruckt, oder ist das nur vorgetäuscht? In der Liebe sind wir Frauen offener und ehrlicher, aber beide waren wir uns schnell einig, dass wir Sex haben wollen. Was, wenn Gregor mir besser gefällt als mein Mann? Welch dummer Gedanke. Eigentlich muss ich stolz auf mich sein, dass ich noch so begehrenswert bin.*

Ana war etwas müde und fand, dass ihr eine Dusche Erfrischung bringen würde. Plötzlich zerschnitt eine laute Stimme die Stille. Gregors Bariton improvisierte mit gewaltigem Pathos einen Phantasiesong über Sehnsucht und Liebe. Ana eilte ins Bad, wo der riesige Sänger nackt im weißen Marmor-Whirlpool saß und im Takt wie ein übermütiger Junge mit den Händen auf das sprudelnde Wasser schlug. Es war, als spiele er eine große Nummer in der Roncalli-Manege. *Komm, hier ist Platz für zwei*, rief er Ana zu.

Ana zog sich kurz entschlossen aus. Bevor sie zu ihm ins Badezimmer zurückging, sah sie in den Wandspiegel. In ihrem Busen pulsierte Begierde, am liebsten wäre sie gleich mit Gregor ins Bett gegangen. Doch zunächst wollte sie sehen, wie er ihren Körper betrachtete. Was würde er wohl dabei empfinden? Sie selber wusste, dass sie vom Altwerden nicht verschont blieb, sie war schließlich keine junge Frau mehr. Als sie das Bad betrat, strömte aus der Dampfaromadusche ein intensiver Rosenduft.

Von dem Dunst leicht verschleiert, amüsierte sich Gregor im sprudelnden Wasser. Ana nannte ihn »Goliath«, ein Name, der ihr plötzlich in den Sinn kam. Eine kurze Zeit blieb sie vor der Marmorwanne stehen. Gregor konnte Ana nun von nahem anschauen. Seine Augen tasteten sich begeistert über ihren nackten Körper, er sah ihr Lächeln und betrachtete ihre üppigen Brüste und ihre wohl gerundeten Hüften. Der Bauch war nicht mehr ganz flach, doch ihre Schenkel waren fest und glatt. Gregor sprang plötzlich auf und zog sie zu sich in den Pool. Der warme Wirbel umspülte ihre Haut. Er hielt sie umarmt, sie spürte die Kraft seiner Muskeln.

Schon lange hatte Ana den Wunsch nach einem jüngeren Mann gehabt. Sie sagte sich, sie müsse sich beeilen, denn irgendwann sei der Lack ab. Es war für sie etwas Besonderes, den Reiz einer jüngeren, fremden Haut zu fühlen und die gewohnten Grenzen zu vergessen.

Ana und Gregor schwebten fast in der Strömung des Pools. Mit ihren Füßen versuchte Ana Gregors Waden zu streicheln, während er sie mit seinen Beinen umklammerte und an sich zog. Unversehens stand zwischen ihnen eine kleine Säule.

Ana streckte ihre Hand danach aus und umfasste sein Glied mit einer zärtlichen Berührung. Gregor spürte seine Erregung immer stärker werden, sein Körper spannte sich, er griff nach ihrem Arm und zog ihre Hand beiseite, doch da war es schon geschehen. Dass sein Lustverlangen so schnell endete, verwirrte ihn. Er erinnerte sich – oder war es nur in seiner Phantasie? –, dass er stets stolz auf seine männliche Stärke gewesen war. Ana musste jetzt sehr enttäuscht von ihm sein. Zärtlich legte sie ihren Mund an sein Ohr und flüsterte: *Ein kräftiger Mann wie du braucht sich keine Sorgen zu machen, wir haben noch die ganze Nacht für uns.* Gregor fragte: *Was machen wir nun?* Ana erwiderte, es würde ihr jetzt Spaß machen, mit ihm spazieren zu gehen.

Die Dusche erfrischte beide. Beim Ankleiden bewunderte Gregor, wie Ana ihr rotes Haar mit wenigen Handgriffen wieder zu einer aufregenden Frisur ordnete. Vor dem Spaziergang wollte er gern noch einen Kaffee trinken. Ana trank wie gewohnt Tee.

Das Licht der Dämmerung war dem Dunkel gewichen. Lampenreihen erleuchteten die Allee im Park. Die Blumenrabatte neben dem breiten Kiesweg trotzte farbenfroh dem Winter. Es wehte ein leichter Wind, die frische Luft tat gut. Gregor hatte, wie es seine Gewohnheit war, die Hände in den Hosentaschen vergraben und ging schweigend neben Ana. Es fiel ihm schwer, von seinem Unternehmeralltag abzuschalten und den freien Tag zu genießen. Sein Gesicht war verschlossen und ernst. Niemand wäre auf die Idee gekommen, dass die Frau neben ihm seine Geliebte war.

Ana fühlte sich unbekümmert und frei. Noch vor zwei Wochen wäre ihr nicht in den Sinn gekommen, an einen jüngeren Mann zu glauben, der noch etwas für eine reife Frau übrighatte. Sie stellte sich die grenzenlose Entrüstung ihrer Mutter vor, sollte sie erfahren, dass ihre Tochter als ältere Frau der Sexualität noch nicht Ade gesagt hatte.

Ana hatte das erste Mal noch präzise in Erinnerung. Es war eine Vergewaltigung. Sie war erst siebzehn Jahre, ein Mädchen mit schmächtigem Körper. Zweimal wöchentlich spielte sie im Musikzimmer des Clara-Schumann-Lyzeums ihre Klavieretüden. Seit einiger Zeit hielt sich der Sohn des Hausmeisters öfter in der Schule auf. Er war Fremdenlegionär in Indochina gewesen und lief seit seiner Heimkehr untätig herum. Ana glaubte, der Mann käme vielleicht ins Übungszimmer, um ihrem Klavierspiel zu lauschen. Sie hatte sich bereits an seine Anwesenheit gewöhnt. An dem bewussten Tag, sie hatte bereits einige Etüden gespielt, stürzte er sich plötzlich groß und breit wie ein Bär auf sie und zerrte sie mit eisernem Griff über eine Schulbank. Sie sah in ein Gesicht mit schrecklich geweiteten Augen und spürte seine Hand unter ihrem Kleid den Schlüpfer herunterreißen, so dass ihre Füße sich darin feststrampelten. Unter der harten Umklammerung seiner muskulösen Arme glaubte sie zu ersticken. Sie spürte einen stechenden Schmerz im Unterleib, gleich darauf lösten sich seine kräftigen Hände von ihrem Körper. Unwillkürlich krallten sich Anas Finger in sein breites Gesicht und zerkratzten die schweißüberströmte Haut. Entsetzt sprang er auf und rannte zur Tür hinaus. Ana wusste nicht genau, was geschehen war. Nachdem sie versucht hatte, ihre Kleidung in Ordnung zu bringen, ging sie zur Toilette. Beim Waschen entdeckte sie Blutspuren und glaubte ihre Regel bekommen zu haben.

In der folgenden Woche, als Ana wieder am Klavier saß, kam die Aufwartefrau herein, zu der Ana besonderes Vertrauen hatte. Die Heimatvertriebene aus Schlesien musste sich als junge Mutter mit ihrem dreijährigen Kind mühselig durchs Leben schlagen. Zunächst war Ana etwas verlegen und traute sich kaum über das zu reden, was sie in diesem Raum erleben musste. Sie hatte ja noch nie mit jemandem über ihre Gedanken und Gefühle zu Sexualität und Liebe sprechen können. Und nun dieses plötzliche Geschehnis!

Kurz entschlossen schilderte sie der Putzfrau in allen Einzelheiten, was der Sohn des Hausmeisters in den paar Minuten, als er über sie hergefallen war, getan hatte. Die Putzfrau lobte Ana zwar, dass sie sich mutig gewehrt habe, sie sei aber sicher, dass Ana ihre Unschuld verloren habe und nun zur Frau geworden sei. Aber um darüber Gewissheit zu haben, solle sie diesen Kerl schon selbst fragen. Seltsam, nach dem Gespräch fühlte sich Ana erleichtert und von etlichen moralischen Wirrnissen ihrer Kindheit befreit.

Bald darauf, als der Legionär kühn und frech das Musikzimmer betrat, sprach ihn Ana unmissverständlich darauf an, dass er sie vergewaltigt und ihr die Unschuld genommen habe. Der Unhold stotterte nur aufgeregt ein paar Worte und stürzte in Panik davon. Ana sah ihn nie wieder.

Ana und Gregor waren langsam zum Ende des Parks spaziert. Gregor gelang es nicht, seine Gedanken an die Geschäfte zu verdrängen. Schon wieder dachte er an die Auktion in London, auf der er unbedingt englische Regency-Möbel ersteigern wollte. In London hatte er mit Anfang dreißig seine indische Frau Natil kennen gelernt, er hatte damals darüber sogar den Verlust eines Geschäftes in Kauf genommen. Keineswegs unpraktisch in Liebesdingen oder schüchtern, war er am nächsten Tag mit ihr in ein Hotel ans Meer gefahren. Dort schwelgten sie Tag und Nacht in den Kissen und bekamen Wellen und Gischt nicht zu Gesicht. Bei ihrer Heirat in London konnten sie sich nicht vorstellen, sich jemals zu trennen. Als sie ihn dann doch nach Jahren verließ, hatte sie ohne ersichtlichen Grund ihre Gita, das Buch der Hinduverse, zurückgelassen. Dieses Buch, in dem sie gerne las, war ihr nach religiöser Tradition von ihrer Familie zum Abschied geschenkt worden. Die Lektüre der Sanskritverse war gleichsam ihre Verbindung in die Heimat. Jetzt lebte Natil bei einer älteren Freundin in Brüssel und arbeitete als Übersetzerin. Außer gelegentlichen Anrufen hatte Gregor keinen Kontakt zu ihr. Er war sicher, dass sie eines Tages zurückkehren würde.

Gregor hielt in seinen Gedanken inne, blieb stehen und fragte Ana: *Was machen wir jetzt?* Sie blinzelte ihn an und sagte mit großer Selbstverständlichkeit: *Jetzt gehen wir zurück und machen Liebe.* Nichts sollte Ana heute an ihre Firma oder die Familie erinnern, es sollte ein ganz besonderer Tag werden. Das war keineswegs ein Verrat an Damian, dem Kunstmaler, mit dem sie seit über vierzig Jahren zusammenlebte. Zumindest musste Ana den heutigen

Tag nicht hinter einer Lüge verstecken, denn über Untreue oder Ehebruch hatten sie beide seit ihrem Kennenlernen die gleichen Ansichten. Der Ausbruch ihrer Liebe hatte ihnen nicht den Verstand geraubt. Der einzige Grundsatz ihrer festen Gemeinsamkeit war, mit uneingeschränkter Offenheit über alles miteinander zu reden. Niemand sollte etwas über den anderen wissen, was ihnen gegenseitig verborgen blieb. Trotz mancher Schwierigkeiten hatten sie immer wieder den Mut gefunden und waren ihrem Grundsatz treu geblieben. Seltsam, die Gespräche waren ihnen eigentlich nie unangenehm gewesen. Über die vielen Jahre war daraus großes Vertrauen zueinander gewachsen.

Mit einem Mal waren Gregors Schritte schneller geworden, er spürte seine Lust wieder wachsen. Er hoffte, dass sich das kleine Ärgernis im Whirlpool nicht wiederholen würde. Ana warf Gregor einen fordernden Blick zu und bat ihn, langsamer zu gehen. *Ich schaffe es nicht, mit dir Schritt zu halten, ich trabe schon wie eine Marathonläuferin neben dir her. – Verzeihung,* sagte Gregor, *das tut mir sehr leid, meine langen Beine sind manchmal ein Handikap,* und streichelte Ana über das Haar. *Du scheinst es sehr eilig zu haben, ins Hotel zu kommen,* erwiderte Ana und fügte zum Spaß hinzu: *Sollen wir jetzt zum Essen gehen?* Obwohl er Hunger hatte, ließ Gregor keine Begeisterung erkennen. Schließlich fragte er: *Wie kannst du nur ans Essen denken? Der Tag ist noch lang, und wir haben unsere Liebe noch nicht ausgelebt.* Ana musste schmunzeln, dass es ihr gelungen war,

Gregor zu provozieren. Für sie war klar, dass Gregor seine Erregung kaum noch unter Kontrolle hatte.

Auf ihrem Zimmer angekommen, waren sie im Nu entkleidet. Während Gregor hastig die Bettdecke auf den Boden warf, hatte Ana ihn eng umarmt. Er spürte ihren erregten weiblichen Atem und fiel mit ihr aufs Bett. Immer wieder liebten sich ihre Körper auf einer Woge der Lust, bis sie beide in einen tiefen kurzen Schlaf fielen.

Beim Erwachen schnupperte Ana den Geruch einer Zigarre. Dieser Duft war ihr auf ihren Karibikreisen sehr sympathisch geworden. Sie erinnerte sich, dass ihre Nase sie damals beinahe in eine kleine dramatische Episode verwickelt hatte. Am Platz der Kathedrale in Havanna hatte sie mit Damian eine von Che Guevara gegründete Künstlerkooperative besucht. Als Damian Ewigkeiten brauchte, um sich von den Malern und Grafikern zu verabschieden, war sie in den Patio gegangen, um dort auf ihn zu warten. Sie erinnerte sich ganz genau, wie sie plötzlich den würzigen Qualm einer Zigarre wahrgenommen hatte. Ein älterer, weißhaariger Kubaner in einem maisgelben Leinenanzug genoss sichtlich zufrieden das edle Tabakprodukt. Unwillkürlich war sie ihm auf die lebhafte Straße gefolgt, in der sich die Menschen drängten. Während sie dem Duft der Zigarre nachlief, bemerkte sie nicht, wie weit sie sich vom Platz der Kathedrale entfernte. Schließlich war sie erschrocken stehen geblieben und nach einigem Umherirren zum Gebäude der Künstlerkooperative zurückgekehrt, wo sich Damian noch im lebhaften Gespräch mit den Kubanern befand. Leider hatte Damian nie ihrem Wunsch nachgegeben und eine Havanna geraucht.

Ana drehte sich zu Gregor um und musste laut lachen, als sie ihn aus ihren müden Augen in merkwürdig stolzer Haltung mit einer Zigarre im Mund auf einem Berg zerwühlter Kissen sitzen sah. Gregor rauchte gern eine teure Havanna, wenn er sehr zufrieden war. Zu seinem besonderen Vergnügen ließ er den aromatischen Rauch über seine Lippen in kleinen Wölkchen zur Zimmerdecke aufsteigen. Ana wollte wissen, ob er seine Zigarre nicht weglegen könne. Sie habe große Lust, gestreichelt zu werden, seine Hände sollten sie überall berühren. Gregor aber ließ sich nicht stören. Zu sehr war er mit seiner Havanna beschäftigt. War es Selbstgefälligkeit, oder war es die scheinbar unüberwindliche Trägheit, in die ein Mann verfallen konnte, wenn nach dem Höhepunkt die Lust abrupt versandete? Ana fühlte sich nicht verstanden und drehte sich enttäuscht zur Seite. Nach einer Weile fragte sich Gregor, was er eigentlich wolle, und legte seine Zigarre in den Aschenbecher.

Ana schien wieder eingeschlafen zu sein. Gregor zögerte noch und ging ins Bad. Vor dem Spiegel ließ er seine Armmuskeln spielen. Ich könnte etwas mehr Sport treiben, bevor die Muskeln erschlaffen und die Haut am Bizeps herunterhängt, dachte er. Warum sollte er sich dem Fitnesszeitalter verweigern? Er war noch keine fünfzig und legte Wert auf ein sportliches Aussehen. Seit der Berührung von Anas Haut war ihm bewusst, dass er in seinem Leben etwas ändern musste. Er konnte nicht begreifen, dass er sich seit der Trennung von seiner Frau Natil mit keinem weiblichen Wesen mehr eingelassen hatte. Auf der Möbelmesse, wo er es am wenigsten erwartete, wurde er von Anas sinnlicher Unbefangenheit überrumpelt. Er war vollkommen verwirrt gewesen, als Ana ihm in der Messe-Cafeteria ins Ohr sagte: *Wir sollten miteinander schlafen, dann wissen wir, ob wir uns mögen.* Er hatte gezweifelt, dass sie das wirklich wollte. Sein Misstrauen war groß. Heute war seine Skepsis der befreienden Lust gewichen, eine Erfahrung, die ihn glücklich machte.

Während Gregor sich noch im Badezimmer zu schaffen machte, war Ana aus dem Bett gesprungen, um mit ein paar sportlichen Kniebeugen ihre Trägheit zu verjagen.

Als sie endlich das Hotelrestaurant betraten, war es schon spät am Abend. Die wenigen Gäste waren elegant gekleidet. Ana und Gregor ließen sich an einem gedeckten Tisch mit Kerzenlicht nieder. Solange das Essen serviert wurde, unterbrachen sie ihre Unterhaltung und sahen sich schweigend an. Nach dem Menü, das sie mit großem Appetit verzehrt hatten, schlug Gregor vor, noch etwas zu trinken. Er bestellte sich einen Grappa und für Ana einen Sherry Brandy. Während des Essens hatte er von Ana erfahren, dass sie sich aus ihrem Geschäftsleben zurückziehen wollte. Ob er sich wohl jemals von seiner Firma trennen könnte? *Für mich wäre es deprimierend, wenn ich das Geschäft aufgeben würde,* sagte Gregor und nippte an seinem Grappaglas. *Für mich ist meine Zeit als Modemacherin vorbei,* sagte Ana. *Ich habe meine Kleider bis nach London und New York verkauft, jetzt will ich mein Leben ändern. Ich habe Mode gewollt und Geld dafür bekommen. Aber welchen Sinn hat das Leben, wenn ich mich jetzt mit sechzig bis ans Ende meiner Tage mit meinen Geschäften herumschlage?*

Gregor runzelte die Stirn, als er sagte: *Ich fürchte, wenn ich mir Gedanken über meine Zukunft im Alter* machen würde, könnten mir meine Geschäfte aus dem Ruder laufen. *Man müsste über so viele Dinge nachdenken und aufpassen, um dabei nicht verrückt zu werden.*

Ich erinnere mich, sagte Ana, *in deinen Jahren habe ich auch noch nicht ans Aussteigen gedacht. Ich hatte weder Zeit noch Lust, mir den Kopf darüber zu zerbrechen, was später aus meinem kleinen Unternehmen werden soll. Jetzt, denke ich, ist es an der Zeit, es aufzugeben. Zumal keiner meiner Söhne ein Interesse an der Firma hat und ihr Vater, Herr Pretorius, froh sein wird, wenn ich meine unzähligen Geschäftsverpflichtungen los bin. Ich bin immer zufrieden gewesen mit dem, was ich tat. Gott sei Dank bin ich geistig und körperlich noch in Ordnung, aber das Alter rückt näher, ohne dass man es merkt.*

Gregor lächelte sie liebevoll an. *Ich bewundere dich, ich bin wirklich froh, dass wir uns kennen gelernt haben,* sagte er, *aber als Liebhaber bin ich entgegen meinen Erwartungen ein wenig bescheiden gewesen, um es vorsichtig auszudrücken.* Er blickte Ana tief in die Augen. *Nach meiner unendlich langen Enthaltsamkeit hast du meine Seele der Lust befreit. Ich fühle mich an meine Jugend erinnert, von Alter kann bei dir keine Rede sein.*

Danke, danke, sagte Ana, *du schmeichelst mir sehr. Ich hab ja auch noch nicht vor zu altern, wer möchte das schon! Doch in letzter Zeit bin ich manchmal in Wut geraten, wenn ich beim Schminken in den Spiegel sah und wieder ein paar Fältchen entdeckte. Man muss ja nicht gleich resignieren, sich auf den Hintern setzen* und sagen, gut, dann ist die Schönheit eben dahin. Je mehr man in die Jahre kommt, desto mehr sollte man dafür tun. Für mich heißt das nicht, dass ich jetzt die Absicht habe, mich bei einem plastischen Chirurgen um zehn Jahre verjüngen zu lassen. Doch wenn ich einmal zu faltig werden sollte, werde ich darüber nachdenken. Um mein biologisches Alter hinauszuschieben, bemühe ich mich, auf Trab zu bleiben. In letzter Zeit habe ich mein Körpertraining – und das sind nicht nur sanfte Bewegungsübungen – kräftig gesteigert. So fühle ich mich fit und frisch. Ich habe auch eine unbändige Lust auf Liebe. Einige Jahre dachte ich, dass es damit vorbei ist, obwohl Damian und ich in unserer Ehe nie aufgehört haben, miteinander zu schlafen.

Gregor betrachtete Ana aufmerksam und fragte: Bist du sorglos verheiratet, ist dein Mann nicht eifersüchtig? Als er Anas Zögern bemerkte, sagte er: Entschuldigung, ich habe Verständnis, wenn du darauf nicht antworten möchtest.

Offen gestanden, erwiderte Ana, äußere ich mich nicht gerne über meine Ehe. Im bürgerlichen Sinn ist sie nicht nur von außen gesehen intakt. Ich will nicht behaupten, dass es in einer langjährigen Partnerschaft keine ernsthaften Auseinandersetzungen geben darf, aber durch sexuelle Diskrepanzen ist unsere Ehe nie in Bedrängnis geraten. Gott sei Dank gehören Eifersuchtskalamitäten nicht zu meinen Erfahrungen. Wem gehört eine liebende Frau? Eine Frau, die liebt, gehört nur sich selbst. Es gibt auch ein Leben außerhalb ehelicher Bande. Zu dieser Freiheit gehören Vertrauen und Disziplin. Auch die Zukunft kann ich mir nicht *ohne meine Ehe vorstellen. Uns hält eine geistige Welt zusammen.*

Gregor war etwas überrascht, dass Ana sich so freimütig äußerte. Gerne hätte er sie jetzt in seine Arme genommen und an sich gedrückt. Etwas fesselte ihn an dieser Frau, etwas Besonderes, mehr als nur ihre erotischen Reize. Hatte er nicht manchmal schon den heimlichen Wunsch gehabt, von einer attraktiven reifen Frau begehrt zu werden? Das Kribbeln, von Ana begehrt zu werden, hatte bei ihm alle Verstocktheit gebrochen. Er spürte große Zufriedenheit. Gregor konnte sich eine gute Zeit mit Ana vorstellen. Allerdings müssten sich einige Dinge in seinem Leben ändern. Jedenfalls sollte erst einmal niemand erfahren, dass er sich jetzt eine Freundin leistete.

Bist du noch da?, unterbrach Ana sein Schweigen. *Ja*, antwortete Gregor, *ich denke nach. Ich gehöre zu denen, die nichts tun können, ohne darüber nachgedacht zu haben. Wir beide verstehen uns bestens. Das bedeutet mir so viel, dass ich mir vorgestellt habe, wir könnten längere Zeit zusammenbleiben und uns öfter sehen.* Gregors große, gepflegte Hände bewegten sich unruhig neben seinem Grappaglas.

Ana beugte sich über den Tisch, um die langen, schönen Finger zu streicheln, und sagte: *Wir sind erst kurz zusammen, ich fühle mich wohl und bin sicher, dass wir uns nicht in falsche Erwartungen versteigen. Wir sind ein Paar, das sich der Leidenschaft hingibt. Niemand kann uns hindern, wenn wir in körperlicher Neugier versuchen, die Tiefen unserer erotischen Neigungen herauszufordern. Während eine wunderschöne*

Hotelsuite auf uns wartet, zergrübelst du dir den Kopf, wie und wo wir uns das nächste Mal treffen. Ich glaube nicht, dass es jetzt – und dazu beinahe mitten in der Nacht – besonders sinnvoll ist, wenn wir darüber diskutieren, wann und wie oft wir demnächst zusammenkommen. Im Übrigen entscheide ich mich gerne spontan, denn die Lust auf eine Umarmung und mehr kann man nicht im Voraus planen und griffbereit im Schreibtisch haben. Es ist realistischer, wenn wir uns in gewissen Abständen überraschend wiedersehen – in Augenblicken des dringenden Bedürfnisses zu lieben.

Gregor hatte aufmerksam zugehört. Er fühlte sich durch Anas Worte wieder in Erregung versetzt. Er sah nun viel jünger aus, als er ihr sagte, dass es nicht seine Absicht gewesen sei, den Abend mit Planungen für die Zukunft kaputtzumachen. Als er Ana höflich bat, mit ihm in die Suite zu gehen, sprang sie auf, umschlang Gregor und zog ihn zum Aufzug.

Am anderen Morgen betrat Ana eines jener modernen Bürogebäude, die mit ihren imponierenden Glasfassaden das Bankenviertel beherrschten. In der großen, lichtdurchfluteten Empfangshalle drängten die Menschen zu den Aufzügen, Männer und Frauen in dunkler Standardkleidung. Während Ana am Informationstresen wartete, rangen in ihr heftige Glücksgefühle mit denen der Wehmut. Sie hatte wohl nicht recht bedacht, dass sich ab heute vieles in ihrem Leben ändern würde. An ihrem sechzigsten Geburtstag im Frühjahr hatte sie sich entschlossen, sich von ihrem Unternehmen zu trennen. In drei Jahrzehnten waren ihre Antoniette-Moden zum perfekten Look für die elegante Frau geworden. In den ersten Jahren – es war die Zeit der subkulturellen Feministinnen, die meinten, in sackähnlichen Klamotten gegen ihren Feind Mann rebellieren zu müssen – hatte sie mit ihrer Strategie »Einfach gekleidet schließt Eleganz nicht aus« die ersten Erfolge erzielt. Heute, so hatte eine Unternehmensprüfung ergeben, musste ihre Modefirma, ohne Betriebseinrichtungen, einige Millionen wert sein.

Seit dem katastrophalen Vorfall mit ihrem Betriebsleiter Arno Pose hatte Anas Zuversicht in die Firmenentwicklung deutlich gelitten. Pose war ein Mann in den Vierzigern, der eine Ausbildung in der Textilindustrie abgeschlossen hatte. Der schlanke, dunkelhaarige Junggeselle war meistens schon vor sieben Uhr im Atelier, um die vorbereiteten Arbeitsabläufe noch einmal zu prüfen. Die Näherinnen hatten ihn gern und kamen gut mit ihm aus. In den kurzen Pausen, die er sich gönnte, trank er aus einer großen roten Henkeltasse seinen Golden Flowery Tea, dazu knabberte er ständig Kartoffelchips. Ana hätte ihn wegen dieser Angewohnheit in den ersten Wochen davonjagen können. Doch sein Arbeitseifer schien unermüdlich, und Ana musste zugeben, dass der Mann sein Handwerk verstand. Er war für sie eine große Entlastung im Geschäft.

Ana blickte zu den Aufzügen, konnte aber Dr. Kreuzer nirgendwo erspähen. Nur noch wenige Menschen eilten durch die Halle, das Stimmengewirr war langsam verebbt. Sie fragte noch einmal beim Empfang nach und musste weiter warten. Wieder dachte sie an Arno Pose und verspürte eine leichte Verbitterung.

Ursprünglich wollte sie ihm ihre Firma übertragen. Allerdings hatte sie nicht damit gerechnet, dass er so unzuverlässig sein würde. Pose hatte, um kostengünstiger zu produzieren, die Herstellung an Nähereien ins Ausland vergeben. Als die ersten Lieferungen eintrafen, war Ana von den sauberen Näharbeiten überrascht. Die Kleiderkollektionen waren so perfekt gearbeitet, dass sie eine Fülle neuer Aufträge nach sich zogen und Antoniette-Moden ihren Marktanteil vergrößern konnten. Die Geschäfte liefen äußerst gut, aber nicht sehr lange. Eines Abends am Telefon schlug Ana eine laute, durchdringende Stimme ans Ohr. *Hallo, hier Trude.* Trude Barlog war eine seit Jahren mit ihr befreundete Besitzerin eines exklusiven Modeladens. *Täusche ich mich*, wetterte sie in den Hörer, *oder willst du jetzt mit Bekleidungsplunder das*

*große Geschäft machen? Noch nie ist solch eine Mist-
ware in meinen Laden gekommen!* Dann war nur noch
ein Summen in der Leitung. Ana schüttelte ratlos den
Kopf und suchte nach einer Erklärung. Noch in der
Nacht kontrollierte sie die letzten Lieferunterlagen
und musste feststellen, dass die Echtleinenkostüme
aus billigen, täuschend ähnlichen Kunstfasergewe-
ben produziert worden waren.

Der Betrug konnte unbemerkt geschehen, da Pose
ihn geschickt vertuscht hatte. Eine Zusammenarbeit
mit ihm war jedenfalls nicht mehr möglich. Ana
feuerte ihren Betriebsleiter gleich am nächsten Morgen. Jahrelang war Pose für sie eine absolut verläss-
liche Instanz gewesen, jetzt wollte sie ihm keine
Fragen mehr stellen. Mach Schluss, sagte sie sich,
die meisten Probleme lösen sich durch eine schnelle
Entscheidung.

Poses Machenschaften waren für Ana aber keineswegs der Anlass, sich von ihrem Unternehmen zu
trennen. *Es ist mir nicht egal, was aus der Firma wird*,
hatte sie selbstbewusst zu Dr. Kreuzer gesagt. *Ich
möchte, dass auch in Zukunft Antoniette-Moden produziert werden, aber von nun an will ich etwas anderes
tun, als mich Tag und Nacht nur mit Mode beschäf-
tigen. Ich bin eine selbstständige Frau, bin zwar nicht
stinkreich geworden, aber habe es auch nicht nötig,
mich im Geschäft so lange aufzureiben, bis mir im
Alter die Gesundheit ruiniert ist.*

Ana ging in Gedanken noch einmal den Verkaufs-
vertrag durch, während sich Dr. Kreuzer mit einem
freundlichen *Hallo* bemerkbar machte. *Ich bedaure,*

dass Sie einige Minuten warten mussten, Frau Pretorius.

Ana sah ihn ruhig an und erwiderte seinen Händedruck. Dr. Kreuzer wirkte attraktiv, ein schlanker, hochgewachsener Mann mit braunen Augen und scharfen Gesichtszügen. Er trug einen grauen Tweed-Sakko mit burgunderroter Krawatte.

Dr. Kreuzer galt als erfahrener Firmenmakler. Nach kurzen Begrüßungsworten erreichten sie mit dem Aufzug die Etage der Cosmos-Consulting GmbH und betraten sein Büro. Er bot Ana Tee an und begann sofort mit dem Geschäftlichen. Die Constantin Mode Design AG hatte den Kauf bestätigt, ein Rückzieher war nicht mehr zu erwarten. Ana vertiefte sich noch einmal in die eng beschriebenen Vertragsseiten und musste darauf hinweisen, dass ihr Wunsch, die Antoniette-Moden als eigenständige Marke zu integrieren, nicht in einem besonderen Absatz festgeschrieben worden war. *Nein, das ist aber in Ordnung*, versicherte Dr. Kreuzer. *Wenn Sie jedoch auf einer Änderung bestehen, wird sich der Vertragsabschluss um einige Wochen verzögern.* Ob sie die Übergabe ihrer Firma noch einmal verschieben sollte? Nach einer zweiten Tasse Tee hatte Dr. Kreuzer ihre Bedenken ausgeräumt.

Also, ich unterschreibe jetzt. Damit habe ich mich unwiderruflich aus dem Geschäft zurückgezogen und die Zukunft meiner Firma besiegelt.

Einen letzten Augenblick zögerte sie noch, dann setzte sie mit fester Hand *Ana Pretorius* unter den Kontrakt.

Schön, das war's. Was werden Sie demnächst tun, haben Sie bestimmte Pläne?, fragte Dr. Kreuzer. *Ja, natürlich*, erwiderte Ana, *aber darüber möchte ich jetzt nicht sprechen.*

Mit der Vertragsunterzeichnung sah Ana den Zweck ihres Besuches erledigt. Sie war schon fast an der Tür, als sich Dr. Kreuzer für seine Frage entschuldigte. *Ich fand die Frage nicht vermessen. Sie können mich ja irgendwann zu einem Kaffee einladen*, entgegnete Ana. Sie empfand tiefe Erleichterung und freute sich darauf, Damian mitzuteilen, dass für sie die Ära Mode zu Ende gegangen war. Sie wollte diesen Tag mit Damian gemeinsam verbringen. Ana blickte auf die Uhr, sie hatte noch Zeit für ein Früchteeis in einem Straßencafé. In einer halben Stunde würde sie mit dem Auto zu Hause sein.

Ana und Damian waren seit vierzig Jahren verheiratet. Gut zwei Jahre vor ihrer Hochzeit hatten sie sich auf einem Künstlerfest kennen gelernt. *Komm mich doch mal besuchen*, hatte Damian gesagt. Sein Atelier befand sich über einer Garage. Von der Straße aus gelangte man über den Hof durch eine verrostete Stahltür zum Treppenaufgang ins Atelier. Der lang gezogene Raum war eine ehemalige Sattlerwerkstatt. Große Fenster gaben den Blick frei in einen wild überwucherten Garten, in dem die Überreste von Militärfahrzeugen verrotteten. Auf der Staffelei im Atelier und an den fahlweißen Wänden standen unfertige Bilder. Nach Meinung einiger Kritiker waren es die bedrohlichen Motive, die das Publikum verwirrten. Die dunklen, graubraunen Landschaften wirkten wie von fremden Mächten zerstört; einsame Figuren von menschlicher Gestalt erstarrten wie in einer Szene des Grauens. Auf Ausstellungen wurden seine Werke meist abgelehnt. Doch Damian fand einen Galeristen, der sich mit großer Zuversicht seiner Bilder annahm und für bescheidene Geldmittel sorgte.

Der Wohnbereich im Atelier wurde durch einen grünen Vorhang abgetrennt. Das Ganze wirkte kalt und unbehaglich, doch wenigstens die Wohnecke konnte beheizt werden. Während Anas erstem Besuch hatten sie zusammen Puschkin mit Kirsche getrunken und in ihrer Unterhaltung zu ergründen versucht, ob sie beide aus guten Familien stammten. Nachdem sie es aufgegeben hatten, sich den Kopf darüber zu zerbrechen, ob das Leben ihrer Eltern ungetrübt verlaufen war, sprachen sie bis spät in der Nacht über Kunst. Danach gefielen sie sich so sehr, dass sie augenblicklich miteinander ins Bett stiegen. Ana war von ihrer sexuellen Gier, die sie noch nie so stark empfunden hatte, völlig überrascht. Nie zuvor hatte sie sich so zufrieden gefühlt.

Damals, als Damian auf Anas Drängen in der Nähe seines Atelier eine kleine Wohnung suchte, dauerte es einige Zeit, bis er einen Hausbesitzer fand, der bereit war, einem unverheirateten Paar zwei kleine Zimmer zu vermieten. In dieser Zeit war es ein Skandal, wenn ein lediges Paar gemeinsam in einer Wohnung lebte. Nicht Großmut, sondern Habgier bestimmte die Entscheidung des Eigentümers:

Schließlich verlangte er für die schäbigen Kammern ohne Badezimmer monatlich einhundertfünfzig Mark Miete. In der winzigen Wohnung konnte man kaum zwei Schritte hin- und hergehen. Ana nannte diese Behausung »Pisshütte« nach dem Märchen vom Fischer und sin Fru.

Obwohl sie sich Zeit lassen wollten, wurde im kommenden Jahr das erste ihrer drei Kinder geboren. Kurz zuvor hatten sie noch geheiratet, um – wie Ana damals scherzhaft beteuerte – bürgerliche Moral und Ordnung in ihre Beziehung einkehren zu lassen. Nach der Geburt ihres ersten Kindes zogen sie in eine größere Wohnung, bevor sie sich Jahre später außerhalb der Stadt ein geräumiges Landhaus leisten konnten.

Damian wartete schon vor der Garageneinfahrt. Er war von seiner Neugierde, Ana schon vor dem Haus begrüßen zu wollen, überrascht. Konnte er denn nicht abwarten, wie sich die Frau verhielt, die sich Knall auf Fall von ihrem beruflichen Lebenswerk verabschiedet hatte?

Ana stieg aus ihrem roten BMW und eilte ungestüm auf Damian zu, umarmte ihn und rief lachend: *Antoniette-Moden ade, heute habe ich einen großen Strich drunter gemacht!* War das der Übermut einer reifen Frau? Ihr Lachen wirkte immer noch so frei wie vor vielen Jahren und nicht wie das Lachen einer Sechzigjährigen.

Damian ging voraus in das große Wohnzimmer an der Gartenfront. Der helle, kompromisslos streng möblierte Raum, in dem einige barocke Skulpturen die harmonische Atmosphäre unterstrichen, war der Mittelpunkt ihres Hauses. Während Damian eine Flasche Champagner entkorkte, sagte Ana: *Ich gehe rasch nach oben und ziehe mich um.* Sie warf einen flüchtigen Blick in ihr Arbeitszimmer. Neben dem Bücherregal lagen stapelweise die unzähligen Entwürfe und Schnittmuster aus den vergangenen Jahren. *Ich werde einen großen Papiercontainer bestellen müssen*, dachte sie bei sich.

Damian hatte das Silbertablett mit den Sektgläsern auf dem Tisch mit der schweren portugiesischen Schieferplatte abgestellt und schaute durch die offene Terrassentür hinaus in den Garten.

In den letzten zwanzig Jahren war es in ihrem Haus, nachdem die Söhne ihr Studium beendet hatten, sehr ruhig gewesen. Während der Semesterferien hatten sie manchmal ihre Kommilitonen mitgebracht, um im Garten ausgelassene Grillpartys zu veranstalten, die oft von dröhnendem Discosound so laut überschallt wurden, dass Damian der Gartengesellschaft unziemliche Manieren vorhalten musste. Mittlerweile hatten die Söhne im internationalen Bankgeschäft Betätigung gefunden. Bei keinem waren Spuren der künstlerischen Anlagen ihrer Eltern zu erkennen gewesen. Schöpferische Berufe waren wohl zu sentimental für die erfolgsorientierte Businessgesellschaft. Obwohl sie schon mehrere interessante Frauen in ihrem Elternhaus vorgestellt hatten, machte keiner der drei Anstalten, sich zu binden. Dauernd waren sie zu irgendwelchen Terminen in den Finanzmetropolen unterwegs, von wo sie ihren Eltern ab und an eine E-Mail sandten.

Damian war überrascht, als Ana zurückkam. Sie hatte ihr elegantes Kostüm gegen eine weit geöffnete blaubunte Seidenbluse und einen kurzen schwarzen Jeansrock getauscht.

Er erhob die Gläser. *Zum Wohl, wir trinken auf dein Schlussmachen. – In der Tat*, prostete sie zurück, *ich habe Schluss gemacht, die Antoinette-Moden hängen jetzt am Nagel. Möglicherweise liegt das Beste, was ich in meinem Leben gemacht habe, jetzt hinter mir. Mal sehen, ich habe keine wahnsinnig großen Pläne, aber sicher werde ich meine Zeit nicht mit Golfspielen verplempern.* Ana setzte sich zu Damian auf das breite schwarze Ledersofa.

Hier hatten sie Gott weiß wie viele Nächte, oft bis zum frühen Morgen, bei gutem Wein miteinander diskutiert. Damian gehörte zu den Menschen, die erst bei einem Glas Wein gesprächig wurden. Aber ebenso gut konnte er dabei dem anderen ruhig und geduldig zuhören. Dass ihre Dialoge nach den vielen Ehejahren nicht verödet waren, lag vielleicht daran, dass die verrückten Dinge dieser Welt längst all ihre Phantasien weit überschritten hatten.

Ana beugte sich über den Tisch und sah nach draußen. Auf dem kurz geschorenen Rasen suchten Amseln mit flinken Schnabelhieben nach Insektenlarven. Die Mittagssonne flimmerte im dunklen Laub der Winterlinde.

Unser Garten ist herrlich, dachte sie. Zu dieser Stunde war sie selten zu Hause. Damian fragte Ana, ob sie hungrig sei. *Haben wir denn etwas zu essen in der Küche, oder gehst du mit mir zum Italiener?* Da Damian nicht gerne im Restaurant aß, denn dort machte ihn das Gehabe der Kellner verrückt, eilte er rasch mit aufgekrempelten Ärmeln in die Küche. Kurze Zeit später kam er mit einem riesigen Teller Canapés zurück.

Ana hatte inzwischen noch eine Flasche Wein zum Essen geholt. Damian berichtete über den Verlauf des Interviews mit Jack Pilgram, der ihn gestern besucht hatte. Besonders peinlich an diesem Schreiberling war, dass er sich in einem seiner Artikel zu der Aussage verstiegen hatte, Damians Porträts und Aktdarstellungen seien von eindringlicher Schönheit. Damian bezeichnete diesen Artikel als blühenden

Unsinn. *Das ist ein saumäßiger Kunstkritiker. Ich mag Menschen nicht, die Bilder schön finden.* Jack Pilgram hatte auf seiner Aussage beharrt, und man diskutierte so lange aneinander vorbei, bis Damian ihn mit den Worten *Kunst hat nichts mit schön zu tun* ärgerlich verabschiedete.

Ana sagte: *Ich werde übermorgen zu meiner Mutter fahren und einige Tage dortbleiben. Nächste Woche wird sie neunundachtzig.*

Anas Mutter lebte in einer kleinen Wohnung in der Kreisstadt, nicht weit von ihrem Geburtsort. Dort auf dem Lande, mit den weiten Tälern und Hügeln und dem stetig wechselnden Horizont, unternahm sie täglich lange Wanderungen. Trotz ihrer zahlreicher werdenden Gebrechen hatte sie nie einen Arzt aufgesucht oder auch nur eine Pille geschluckt. Im Sommer sammelte sie Kräuter, aus denen sie Tee mit bestimmten Heilwirkungen zubereitete. Sie war immer noch eine schlanke Frau mit aufrechtem Gang, ihr schmales, strenges Gesicht war wie ihre Hände wettergebräunt. Obwohl sie im Leben hart enttäuscht worden war, hatte Ana sie nie über ihr Schicksal klagen hören.

In letzter Zeit wetterte und nörgelte sie immer heftiger wider die wachsenden Verrücktheiten in der Welt. Neulich hatte sie sich während Anas Besuch ihren Ärger von der Seele geredet, als gebrechliche alte Leute mit dem Rollator allein über die Straße schlurften. Mutters Stimme wurde dann hektisch und laut. *Wo sind die Menschen heute, die schwächliche Greise noch mit einiger Würde begleiten?* Über solche Zustände und Probleme konnte man mit ihr nicht in Ruhe diskutieren. Ana wäre gerne noch geblieben, aber sie war das Geschimpfe leid geworden und hatte sich kurz darauf verabschiedet. Es war ein Jammer, es gelang ihr nicht, den Wortschwall ihrer Mutter zu unterbrechen, wenn diese in unendlichen Wiederholungen ihrer Verbitterung und Empörung über Alltagsereignisse drastisch Ausdruck verlieh, als hätte Ana selbst dafür Verantwortung zu tragen.

Für den nächsten Besuch hatte sich Ana mehr Geduld auferlegt. Ihre Mutter war eine lebenserfahrene Frau. Leider hatten sich Mutter und Tochter seit langem nicht mehr über Verwandte und deren Familien unterhalten. Ana hoffte, dass sie sich noch einmal mit ihr über einige Ereignisse der Vergangenheit austauschen konnte.

In den ersten Jahren nach ihrer Rückkehr in die Kreisstadt hatte sich Anas Mutter wöchentlich mit einigen gleichaltrigen Freundinnen und Bekannten zu kurzen Spaziergängen getroffen. Immer öfter saßen sie dann bei Kaffee und Kuchen zusammen, um über Krankheiten zu tratschen oder sich über irgendwelche Ereignisse in der Verwandtschaft zu entrüsten. Immer wieder hatte Anas Mutter versucht, den Kreis zu längeren Wanderungen zu animieren. Mit den paar Schritten bis zum nächsten Café war sie nicht zufrieden. Sie liebte die Weite der Landschaft und den Wechsel der Wolken.

Eines Tages hatte sie dann ihre erste Alleinwanderung unternommen und war überrascht, wie gut sie über Wiesen und Felder schreitend den Tag ohne Anstrengung überstand. Von da an unternahm sie bei erträglichem Wetter fast täglich, außer an den Wochenenden und Feiertagen, ihre Fußreisen. Die freie Natur war zum Mittelpunkt ihres Lebens geworden. Wenn sie den Wind, die Wärme der Sonne oder den feuchten Nebel auf der spröden Haut ihres Gesichtes spürte, empfand sie den Sinn des Lebens erfüllt.

Ana war erst gegen Mittag abgereist, weil sie zuvor noch einige Einkäufe für ihre Mutter erledigt hatte. Beim letzten Besuch war ihr aufgefallen, dass die Speisevorräte im Kühlschrank der Mutter sehr gering, beinahe spärlich waren. Einige Becher Quark, Quittengelee, Vollkornbrot und Honigkuchen vom Ökobäcker waren sicher keine ausreichende Nahrungsgrundlage für einen älteren Menschen.

Wie kommt es, hatte sich Anas Mutter gefragt, *dass die Kräfte im Alter plötzlich so stark nachlassen, dass ich bald auf dem Friedhof liegen werde?* Im Sommer letzten Jahres, auf einer Tageswanderung zum Wisent-Gehege, hatten ihr die Beine geschmerzt. Mit jedem Schritt wurden die Schmerzen stärker. Als der Waldpfad an der Bushaltestelle eine Landstraße kreuzte, gab sie erschöpft auf. Einige Wanderer warteten schon auf den Bus, mit dem nun auch sie zurück in die Stadt fuhr. Seit diesem Tag waren die Seiten im Wandertagebuch leer geblieben.

Sollte das mein Abschied vom Wandern sein?, hatte Anas Mutter zu sinnieren begonnen. *Die stillen Wiesenbäche, die hellen Wolkenkränze, die Schatten der Eichen waren Gründe meiner Heiterkeit. Drüben im Fenster meines Zimmers erkenne ich den Horizont, den ich viele Stunden in seiner Veränderung betrachte. Ich spüre nicht mehr die Wärme der reifen Kornfelder, der Geruch gemähten Grases weht durch meine Gedanken. Die Wälder entfernen sich im grauen Licht der Dämmerung.*

Nein, ich hadere nicht, ich fühle mich trotz allem noch einigermaßen lebendig und kräftig im Gegensatz zu den Alten, die ihre Selbständigkeit aufgegeben haben. Auch wenn es ein teures und komfortables sein sollte, ich lasse mich in kein Altenheim-Getto verdrängen. Um Gottes willen, mit all meinem Zorn wehre ich mich dagegen. Warum nur müssen Menschen so viel unnütze Zeit in körperlichem und geistigem Elend verharren, wenn es mit ihnen zu Ende geht?

Es war bereits früher Nachmittag, als Ana die Autobahn erreichte. Der Stau in der Stadt lag hinter ihr, die bergige Landschaft breitete sich in die Weite der Kornebene aus. Der Verkehr floss ungestört, und so erreichte sie nach zwei Stunden ihre Autobahnausfahrt. In der engen mittelalterlichen Innenstadt wurde der Verkehr durch Einbahnstraßen geleitet. Zweimal durchquerte Ana die Straße ihrer Mutter, bis sie in der Nähe auf dem Parkplatz der Sparkasse ihren Wagen abstellte. Vor dem Wohnhaus ihrer Mutter hielt ein Notarztwagen mit Blaulicht, um die Haustür stand eine Gruppe Menschen. Im Treppenhaus kamen Ana der Notarzt und seine Helfer entgegen. Sie ahnte nichts Gutes, ihr Argwohn steigerte sich, ihre Schritte wurden schneller, es waren noch zwei Treppen bis zur vierten Etage. Am Ende des Korridors klingelte sie an der Wohnungstür. Endlich öffnete jemand.

Ana wurde von Frau Vogel empfangen, die sie mit beruhigenden Worten ins Schlafzimmer führte. Ihre Mutter lag in weit aufgeknöpftem grünem Streifenkleid auf dem Bett. Das Bettzeug hatte sie mit ihren schmächtigen Armen zur Seite gerollt. Ihr dichtes weißes Haar hatte sich in Strähnen gelockert, das Gesicht war fahl. Sie nickte leicht mit dem Kopf und versuchte zu sprechen, aber sie war sehr erschöpft. Ana nahm ihre Hand und drückte sie so wie damals als kleines Mädchen – nur nicht loslassen!

Frau Vogel hatte inzwischen die Küche aufgeräumt. Im Spülbecken stand benutztes Geschirr von mehreren Tagen, die Kalenderblätter der letzten Tage waren nicht abgerissen. Frau Vogel war die Frau des Tischlermeisters und Bestatters aus der Nachbarschaft. Bevor Anas Mutter in die neue Wohnung einzog, hatte sie in seiner Werkstatt einige alte Möbelstücke auffrischen lassen, die im Laufe der Zeit dunkel geworden waren.

Frau Vogel, die gut zwanzig Jahre jünger war, hatte ihr dann auch spontan beim Einrichten der Wohnung geholfen. Obwohl Anas Mutter durch die Strapazen damals in keiner guten Verfassung war, wollte sie das Umzugschaos allein bewältigen. Schließlich war sie doch dankbar für die unerwartete Hilfe. Die Aufrichtigkeit und das heitere Wesen der jüngeren Frau hatten es ihr sehr angetan.

Später kam Frau Vogel von Zeit zu Zeit auf eine Tasse Kaffee vorbei. Seit dem vergangenen Jahr hatte sie es sich zur Regel gemacht, Mutter wöchentlich einmal zu besuchen, denn sie hatte das Gefühl, dass die alte Dame sehr einsam war, seit sie ihre Wohnung nur noch zum Einkauf verließ.

Als Frau Vogel heute Nachmittag klopfte, hörte sie von drinnen ein lautes Stöhnen. Kurz danach öffnete sich langsam die Tür. Mit großer Anstrengung hatte Anas Mutter die wenigen Schritte bewältigt. Bestürzt sah Frau Vogel in das schmerzverzerrte Gesicht und half ihr wieder zurück ins Schlafzimmer. Darauf rief sie den Notarzt an, der unverzüglich eintraf. Anas Mutter war ganz apathisch, aber nach einer Injektion stabilisierte sich ihr Kreislauf, und auch die Schmerzen ließen nach. Der Arzt empfahl ihr dringend, sich möglichst sofort im Hospital untersuchen zu lassen.

Nachdem Ana frische Wäsche aus dem Schrank herausgelegt hatte, half sie ihrer Mutter beim Anklei-den. Der Anblick des schmächtigen Körpers ließ sie unvermittelt für einige Sekunden die Augen schlie-ßen. Sie konnte sich nicht vorstellen, dass aus diesem zerknitterten Leib einmal sie und ihre Geschwister geboren worden waren. Vor nicht langer Zeit war ihr die Mutter noch groß und schlank vorgekom-men, als eine schöne Frau. Ana war entsetzt über die brutale körperliche Veränderung. War das der Normalzustand eines alten Menschen? Hatte selbst ein willensstarker Mensch gegen den Verfall seines Körpers keine Chance? Bisher hatte sich Ana da-rüber keine Gedanken gemacht. Ihre unbeugsame Mutter hatte sich nie bemitleidet oder andere Men-schen mit ihren Ansprüchen belästigt.

Langsam wurde ihr Zustand nach der Ankleide-strapaze stabiler. Mit leichtem Zittern stützte sie sich auf und war bereit, mit Ana zum Krankenhaus zu fahren. Nach der Untersuchung wurde sie von den Schwestern auf Anweisung des Arztes in ein Zweibettzimmer gebracht. Das andere Bett war leer. Sie starrte noch eine Weile an die Decke und stieß einige unverständliche Worte zwischen ihren trocke-nen Lippen hervor. Dann atmete sie ruhiger und schloss die Augen.

Chefarzt Dr. Heller, ein Mann von natürlicher Freundlichkeit, hatte Ana gesagt, es bestehe der Ver-dacht auf eine leichte Lungenembolie. Ihre Mutter habe zunächst stark wirkende Beruhigungsmittel bekommen, zur weiteren Behandlung müsse sie ein bis zwei Wochen auf der Station bleiben. Ana könne sie jederzeit besuchen.

Am Abend mietete sich Ana in einem kleinen Hotel der Kreisstadt ein Zimmer, denn sie wollte ihre Mutter in den nächsten Tagen nicht allein lassen. Ana verbrachte die Zeit mit Besuchen im Krankenhaus, ihre Mutter erholte sich etwas, obwohl sie immer wieder die Einnahme von Medikamenten verweigerte. Die Schwestern, die sie mit geduldiger Routine versorgten, waren ihr gut gesonnen.

Ana hatte sich einen Stuhl neben ihr Bett gestellt und beobachtete, wie sich die Mutter dann immer langsam entspannte. Mit erhöhter Rückenstütze saß sie halb aufgerichtet im Bett. Sie sprach ruhig, aber mit bemüht kraftvoller Stimme: *Ich wüsste gerne, was mit mir hier im Krankenhaus passiert. Die dicke Ärztin, die hier morgens in mein Zimmer kommt, schnattert etwas von ›Liebe Frau, wir stellen Sie bald wieder her‹ und rauscht wieder zur Tür hinaus. Ich will nicht wiederhergestellt werden, ich will hier raus! Diese Stille ist erschreckend, kein Laut von der Straße, kein Rauschen der Winde, kein Prasseln des Regens. Ich höre nur das Scheppern der Geschirrwagen auf dem Flur, wenn die Helferinnen das Essen verteilen.* Während sie sprach, nahm sie immer wieder einen kleinen Schluck Tee, den Ana ihr in einer Tasse reichte. *Ich hätte mir nicht im Traum einfallen lassen, dass ich auf meine alten Tage noch einmal im Krankenhaus lande. Tag und Nacht drohe ich an der Willkür hier zu ersticken. Ich weiß, dass meine Zeit zu Ende geht, mein Lebenskreis hat sich geschlossen, es wird keine*

neue Seite mehr beschrieben, wie in meinem Wandertagebuch bleiben die Seiten leer. Meine Organe sind
verbraucht, aber mein Gehirn denkt noch völlig klar.
Muss ich Gott danken für mein Leben? Nein, dass
ich meine Sinne noch beisammen habe, dafür bin ich
Gott dankbar. Ich will nicht, dass man an meinem
Körper herumdoktert. Wenn mein Herz oder meine
Lunge kaputt sind, soll man mich sterben lassen. Ich
will nicht bleiben und anderen zur Last fallen, mich
interessiert die Welt nicht mehr. Während einem tod-
kranken Tier ein sanftes Ende bereitet wird, müssen
kranke Menschen, bis an ihr Ende ans Bett gefesselt,
unerträgliche Leiden erdulden. In den Augen unserer
Gesellschaft ist das ein würdiger Tod.

Erschöpft beendete Anas Mutter ihren ernsten
Monolog mit den Worten: *Das ist die Wahrheit.*
Ana stand auf und ging ans Fenster. Draußen war
ein sanfter Sommerhimmel, sie dachte an die Worte
ihrer Mutter, und unversehens kamen ihr ein paar
Tränen.

Am nächsten Tag war Ana schon früh zum Krankenhaus geeilt. Hinter dem nebelgrauen Streifenglas der
Stationstür hörte sie aufgeregtes Stimmengewirr.
Während sie die Tür öffnete, verkrampften sich
für einige Sekunden ihre Gedanken, unvermittelt
drangen dumpfe, quälende Laute an ihr Ohr. Ihre
Mutter versuchte sich mit erregter Stimme gegen die
Schwestern und Ärzte zu wehren. Ähnlich verzwei-
felte Laute hatte das Vieh ausgestoßen, wenn es auf
dem Mühlenhof ihrer Großeltern mit Gewalt auf die
Waage gezerrt wurde. Diese Kindheitserinnerung
hatte in Ana tiefe Spuren hinterlassen Die weiße
Tür des Krankenzimmers war weit geöffnet, ein paar
Schwestern liefen hin und her.

Als die Schar der Morgenvisite das Zimmer betreten hatte, war Anas Mutter so verzweifelt über ihre
hilflose Situation, dass ihre aufgestauten Aggres-
sionen abrupt hervorbrachen. Rasend vor Wut hatte
sie sich aufgebäumt, mit erstaunlicher Kraft den In-
fusionsschlauch heruntergerissen und den herabfal-
lenden Tropf gegen den Assistenzarzt geschleudert.

Ana war sehr ärgerlich, dass Frau Dr. Tschenska
sie daran hinderte, das Krankenzimmer zu betreten,
aber darüber wunderte sie sich nicht. Die Ärztin
aus Usbekistan hatte in ihrem breiten roten Gesicht
keinen bösen, aber einen sehr unfreundlichen Blick.
Die Frau Doktor beherrschte die Schwestern und
Helferinnen auf der Frauenstation, ihre voluminöse,
gedrungene Statur verlieh dem deutlich Nachdruck.
Sie nahm Ana zur Seite und sagte mit schnarrender
Stimme: *Ihre Mutter ist eine schwierige, aufgebrachte*

Patientin, die in jeder erforderlichen Therapie eine Be-
lästigung wittert. Wahrscheinlich ist es die Schilddrüse,
die ihr zu schaffen macht. Ich werde einen Radiojodtest
veranlassen, das ist keine große Prozedur. Da wir hier
leider nicht imstande sind, diese Tests durchzuführen,
werden wir alles regeln und Ihre Mutter in einigen
Tagen in die nächste Zentralklinik bringen.

Ana hatte verblüfft zugehört. *Gilt denn in unse-*
rer Gesellschaft die Willensfreiheit alter Menschen gar
nichts mehr?, dachte sie. Sie zögerte nicht, der dicken
Ärztin begreiflich zu machen, dass sie das Verhalten ihrer Mutter sehr gut verstehe und sie keinen
ärztlichen Entscheidungen gegen den Willen ihrer
Mutter zustimmen werde. Wortlos drehte sich die
Ärztin um und verließ die Frauenstation. Ana war
voller Zorn, doch da wurde sie von Schwester Berta
ins Zimmer ihrer Mutter gerufen. Der Assistenzarzt, der noch am Fußende vor dem Bett stand,
verabschiedete sich trotz des turbulenten Vorfalls
freundlich von der bejahrten Patientin und sagte
schmunzelnd, dass er morgen nicht ohne Sturzhelm
zu ihr kommen werde. In der sich langsam beruhigenden Atmosphäre hatte die Pflegerin sorgfältig
versucht, die Kissen zu glätten. Zu dieser Schwester
hatte Anas Mutter schon etwas Vertrauen gefasst. Sie
hatte diese Schwester auch darum gebeten, ihr das
grüne Plisseekleid zu besorgen, weil es ihr äußerst
peinlich war, im Nachthemd über den Flur gehen
zu müssen.

Schwester Berta hatte Ana noch den Wunsch ihrer
Mutter ins Ohr gesagt und war hinausgegangen.

Anas Mutter bat sie, näher zu kommen. Sie sprach bedachtsam und gefasst: *Glaubst du, das kann hier so weitergehen? Jetzt liege ich schon eine Woche in diesem Kasten, die kahlen Wände erdrücken mich, die grässlich trockene Luft lähmt meinen Atem. Jede einsame Dachkammer ist erträglicher. Ist das mein Schicksal, mich fortwährend überwachen zu lassen? Warum kümmern sich so viele Menschen um mich? Andauernd werde ich umlauert, immer wieder kommt jemand und will den Puls zählen oder Fieber messen oder faselt was von ›Arm ruhig halten, bitte die Pillen schlucken‹ und ›nicht vergessen, den Tee zu trinken‹. Das ist wie in einem Kindergarten. Ich habe keine Kraft, mich pausenlos gegen diese weiße Clique zu wehren. Alle bissigen Hunde der Erde möchte ich auf sie hetzen. Ich habe keine schmerzhafte Krankheit, mein Körper leidet nicht, mit neunundachtzig Jahren habe ich nichts mehr zu erwarten. Ich will in Ruhe gelassen werden. Nur in der Nacht, wenn das Licht ausgeknipst ist, kann ich etwas ruhiger atmen. Ab und zu sind noch Tritte auf dem Flur zu hören, aber ich bleibe allein. Heute Abend werde ich diesen Tag wieder verdammen und hoffe, dass es morgen endlich so weit ist, dass ich das Krankenhaus wieder verlassen kann.*

Plötzlich wurde das Gesicht der Mutter sehr ernst. Mit lauter Stimme forderte sie ihre Tochter auf, ihr sofort das grüne Plisseekleid aus der Wohnung zu holen. Ana hatte das Gefühl, sie müsse der Mutter energisch widersprechen. Doch sie wandte sich zur Tür und sagte knapp: *Ich bin in einer halben Stunde zurück.*

Ana spürte die verzweifelte Hoffnungslosigkeit, die ihre Mutter ergriffen hatte. Nie hatte sich Ana ernsthafte Sorgen um ihre Mutter machen müssen. Schon in ihrer Kindheit hatte sie festes Vertrauen zu ihr empfunden, Anas Zuhause war ein besonders gut behüteter Ort gewesen. Die Wärme in der Familie war auch von der stillen, unsichtbaren Aufmerksamkeit ihres Vaters getragen, mit der er seine Familie umsorgte. Damals, gegen Ende des Krieges, als alles zu Bruch ging und das Haus voller Flüchtlinge war, schaffte ihr Vater alles herbei, was zur Versorgung der erschöpften Menschen nötig war.

Ana hatte ihr Elternhaus schon zwei Jahre zuvor verlassen, als ihr Vater ohne vorherige Anzeichen einer Krankheit unerwartet starb. Sein plötzlicher Tod hatte bei ihrer Mutter die Zweifel an Gott noch verstärkt. Das Haus war ihr zur Beklemmung geworden, erleichtert hatte sie später in der Nähe ihres Geburtsortes eine neue Wohnung bezogen. In den dreieinhalb Jahrzehnten hatte sie hier, wo sie bescheiden lebte, ungezählte Stunden über ihr Schicksal nachgesonnen, ohne dabei zu wehklagen.

Heute war Ana deutlich geworden, dass sie ihre Mutter in letzter Zeit etwas vernachlässigt hatte. Wahrscheinlich hatte sie sich etwas zurückgezogen, da ihre Mutter, je älter sie wurde, manchmal ein unleidlich gereiztes Verhalten entwickelte. Einmal, vor längerer Zeit während eines gemeinsamen Spazierganges, glaubte Ana ihren Ohren nicht zu trauen, als ihre Mutter sich plötzlich laut schimpfend über endlos vorüberrasende Autokolonnen erregte. Ihr

Gesicht hatte sich verfinstert, ihre Lippen bebten vor Zorn. Sie fuchtelte mit den Armen herum und schrie Ana ins Gesicht: *Diese verdammten stinkenden Monster sausen wie von Sinnen an uns Fußgängern vorbei, schwachsinnige Kreaturen sitzen am Steuer! Das sind Elemente des Teufels, der Herr erlöse uns von diesen Übeltätern!*

Sie zitterte am ganzen Körper, als sie ungehalten knurrte: *Los, wir gehen jetzt nach Haus.* Ana war entsetzt über die öffentliche Szene ihrer Mutter, obwohl ihr klar war, dass das lärmende Verkehrschaos auf den Straßen besonders für alte Menschen unerträglich wurde. Über den Zwischenfall hatte sie sich nicht übermäßig Gedanken gemacht. Sie hatte sich in der aufreibenden Hektik ihres Modeberufes einfach nicht darauf eingelassen, über die unvermeidlichen Folgen des Alterns nachzudenken.

Ana suchte angestrengt nach dem Kleid ihrer Mutter. Zu guter Letzt, dem Himmel sei Dank, entdeckte sie das Kleid unter einer Schutzfolie in dem alten, nach Lavendel duftenden Eichenkleiderschrank. Danach eilte Ana ins Krankenhaus zurück und legte das Kleid fein säuberlich gefaltet aufs Bett. Das schräg zu den Hüften drapierte grüne Seiden-Jerseykleid war das Lieblingskleid ihrer Mutter. Sie hatte eine besondere Vorliebe für das leuchtende Grün frischer Linden-blätter zu Beginn des Sommers. Diese Jahreszeit war für sie stets Inbegriff großer Ruhe und Zuversicht gewesen. Da Ana um diese besondere Bedeutung wusste, hoffte sie, dass sich die heftige Erregung ihrer Mutter ein bisschen legte. Doch in ihrem Ge-sicht war nicht die geringste Spur zu erkennen, dass ihr Zorn abgeflaut war. Sie befahl Ana mit strenger Stimme: *Häng das Kleid in den Schrank.* Im Moment darauf verließ Ana ärgerlich das Zimmer. Zweifel-los musste sofort etwas geschehen. Der heutige Tag hatte sie schon genug Nerven gekostet, sie musste diese schwierige Situation mit Dr. Heller klären. Was tun mit einem alten Menschen, den man liebte, den man aber selbst nicht versorgen konnte? Ana war sich bewusst, dass ihre Mutter jede ärztliche Hilfe in diesem Krankenhaus immer wieder entschieden abweisen würde. Andererseits war ihr der Gedanke unerträglich, dass ihre durch körperliche Hinfällig-keit geschwächte Mutter in einem trostlosen Alters-heim leben würde. Mit festen Schritten eilte Ana den Flur entlang, hinter ihr öffneten und schlossen sich geräuschvoll die Türen der Krankenzimmer. In gewohnter Hast wurde den Kranken das Mittagessen gebracht.

Am Ende des Flures erreichte sie das Zimmer des Chefarztes. Dr. Heller empfing Ana ungewöhnlich freundlich, er wirkte sehr sportlich, als er auf sie zuging und sie mit einem Händedruck begrüßte. Sein starkes graues Haar sträubte sich gegen den kurzen Scheitel, die dunklen Augenbrauen konnten den liebenswürdigen Gesichtsausdruck nicht zerstören. Sein weißer Kittel war offen, darunter zeigte sich ein rötliches Sporthemd. Ana setzte sich auf den angebotenen Stuhl vor dem Schreibtisch. Ihre Stimme war energisch wie immer, wenn sie etwas durchsetzen wollte. *Ich weiß*, sagte Ana, *dass meine Mutter nicht mehr sehr lange leben wird. In ihrem alten Körper ist mit hoher Wahrscheinlichkeit nicht mehr viel zu heilen. Umso mehr glaube ich, dass die Lebenskraft älterer Menschen unter dem enormen medizinischen Aufwand zu ersticken droht und ihr Seelenleben darunter verödet. Ich will nicht jammern und klagen, aber ich kann nicht zulassen, dass meine Mutter hier elend vor die Hunde geht. Meine Mutter muss in Freiheit sterben dürfen, für sie ist das Lebensende keine Katastrophe.*

Dr. Heller war über den Eifer in Anas Worten überrascht. Nur mit Mühe konnte er ihr ins Gesicht sehen, als er entgegnete, dass ihre Mutter in einem Besorgnis erregenden Zustand war, als sie in die Klinik aufgenommen wurde. *Ihr altersschwaches Herz war total überfordert, durch die Ansammlung von Flüssigkeit in der Lunge war die Atmung stark* beeinträchtigt. *Ihre Mutter befand sich in einer ernsten Situation und war dringend hilfebedürftig. Die medizinische Versorgung war unbedingt notwendig. Wie mir die Stationsärztin Dr. Tschenska berichtete, hat sich der Gesundheitszustand Ihrer Mutter gebessert und der Kreislauf leicht stabilisiert.* Dr. Heller machte eine kurze Pause, legte seine Hände auf die braune Schreibtischunterlage und fuhr fort: *Ihre Mutter wird auf dauernde Pflege angewiesen sein. Wissen Sie, Frau Pretorius, wir sind ein Krankenhaus. Unsere Aufgabe ist es, Krankheiten zu heilen und zu lindern. Wir können es daher nicht verantworten, dass auf unseren Abteilungen durch alte, auf Pflege angewiesene Menschen Betten blockiert werden. Für Sie stellt sich die Frage, wie Sie umgehend einen Heimplatz für Ihre Mutter finden.*

Diesbezügliche Hinweise hätte mir Frau Dr. Tschenska schon früher geben müssen, erwiderte Ana. *Ich hoffe nicht, dass meine Mutter jetzt der Gefahr ausgesetzt ist, mit ihrem Bett auf den Gang geschoben zu werden.*

Seien Sie unbesorgt, Frau Pretorius, das wird nicht geschehen. Wir sind kein sturer Apparat, bei uns werden keine Patienten hinausgeekelt, beruhigte sie Dr. Heller. *Wir können nicht erwarten, dass Sie so plötzlich einen guten Pflege- und Betreuungsplatz finden. Aber vielleicht kann ich Ihnen helfen. In der Gegend hier, in der Nähe von Bad Waldborn, gibt es seit einigen Jahren ein sehr gut geleitetes Pflegeheim. Dr. Corvus, ein vorzüglicher Gerontologe, hat das Haus baulich und räumlich so gestaltet, dass den Heimbewohnern ein*

59

persönlicher Lebensbereich geboten wird. Die wohnliche Atmosphäre und gut ausgebildetes Pflegepersonal sind eine unerlässliche Voraussetzung für das Wohl alter Menschen, die ihre Lebensumstände nicht mehr selbst gestalten können. Ich bin Arzt, ich weiß, wie stark Trostlosigkeit und seelische Nöte die hilfsbedürftigen alten Menschen bedrängen, wenn sie unablässig dem Weiß der Wände, Möbel und Wäsche und dazu noch der sterilen Kleidung der Betreuung ausgesetzt sind. Wenn ich daran denke, wie viele Pflegebedürftige trotz großer Anstrengungen unter problematischen Umständen in Altenheimen verharren müssen! Dagegen ist Haus Sophienburg ein Heim, in dem es Ihrer Mutter an nichts fehlen würde. Allerdings werden die Kosten für diese außerordentlich aufwendige Betreuung kaum von einer Versicherung gedeckt.

Ana schwieg eine Weile und sagte dann: *Für mich ist eine gute ärztliche Betreuung entscheidend. Es wäre ein großes Glück, wenn sich dort für meine Mutter ein Platz finden würde.*

Dr. Heller bot an, Dr. Corvus gleich anzurufen. *Wir sind seit Jahren befreundet und stehen in regelmäßiger Verbindung. Ich werde ihn erst einmal fragen, ob überhaupt eine Möglichkeit für die Aufnahme Ihrer Mutter besteht.*

Nachdem Dr. Heller vergeblich versucht hatte, Dr. Corvus telefonisch zu erreichen, verabschiedete er Ana und bat sie, ihn in den nächsten Tagen nach der Visite anzusprechen.

Nach dem Besuch bei Dr. Heller sprach Ana ziemlich lange mit ihrer Mutter. Sie war erstaunt, dass es keine Spannung zwischen ihnen gab, als sie ihr erklärte, man müsse ein Heim mit Dauerpflege für sie finden.

Ihre Mutter war sehr ruhig und einsichtig, ihre Wohnung für immer verlassen zu müssen. Aber einige Dinge wie die große goldumrandete Sammeltasse oder die Teller aus dem Hochzeitsgeschirr, das ihr lieb und teuer war, wolle sie gerne mitnehmen. Zum ersten Mal seit langer Zeit spürte Ana wieder eine starke Zuneigung zu ihrer Mutter. Die Erlebnisse der vergangenen Tage hatten sie kaum zur Ruhe kommen lassen. Oft hatte es den Anschein gehabt, als werde der Berg der Schwierigkeiten immer höher. Angesichts des vorangegangenen Ärgers war Ana sehr erleichtert, dass ihre Mutter zu der Einsicht gekommen war, sich in ein Pflegeheim aufnehmen zu lassen. Sie war überzeugt, dass eine Bleibe in einem Heim wie Sophienburg ohne die sterile Krankenhausatmosphäre den seelischen Zustand ihrer Mutter günstig beeinflussen werde.

Nachdem Dr. Heller Ana mitgeteilt hatte, dass in Haus Sophienburg Zimmer frei waren und Dr. Corvus ihren Besuch erwartete, fuhr sie unverzüglich nach Bad Waldborn. Sie musste die Gelegenheit gleich nutzen, umgehend einen Vertrag abzuschließen, der ihrer Mutter eine angemessene und sofortige Betreuung garantierte.

Während der Fahrt achtete Ana kaum auf die Schönheit der weitläufigen, von der Sonne überstrahlten Hügellandschaft. Noch vor der Ortseinfahrt bog eine Straße nach Haus Sophienburg ab.

Ana stellte ihr Auto auf dem Parkplatz vor dem Gartentor im Schatten alter Kastanienbäume ab. Als sie den großzügig angelegten Vorgarten betrat, war sie plötzlich leicht verunsichert, ob sie nicht doch mit falschen Hoffnungen hierhergekommen war.

Mit schnellen Schritten ging sie auf die Villa zu. Es war still, nur der feine Kies knirschte unter ihren Schuhen. Auf einer Gartenbank in einem kleinen Pavillon saßen drei Frauen in eleganten bunten Sommerkostümen. Als Ana vorbeikam, wurde sie von den alten Damen begrüßt und gefragt, ob sie jemanden besuchen komme. Ana erwiderte, sie habe einen Termin bei Dr. Corvus. Eine der Frauen war in bemüht aufrechter Haltung aufgestanden und erklärte ihr in stolzem Ton: *Um diese Zeit finden Sie Herrn Dr. Corvus in seinem Büro im ersten Zimmer links, gleich neben dem Haupteingang.*

Ana fand die Tür mit dem kleinen Namensschild »Dr. Axel Corvus« sofort und betrat nach kurzem Anklopfen das Büro. Hinter einem antiken Eichenschreibtisch, dessen Tischplatte mit Saffianleder bezogen war, erhob sich Dr. Corvus und begrüßte Ana: *Hallo und guten Tag, ich nehme an, Sie sind Frau Pretorius.* Ana erwiderte die saloppe Begrüßung. *Hallo, guten Tag. Ja, Ana Pretorius, das bin ich.* Sie stand einem groß gewachsenen, sportlichen Mann gegenüber. Der hellgelbe Zopfmusterpullover und die stahlblaue enge Jeanshose ließen ihn beinahe jugendlich erscheinen. Sein Haar war dunkelbraun, der kurze Haarschnitt ließ eine beginnende Kahlköpfigkeit erkennen. Durch die hohe, leicht gewölbte Stirn und eine nicht zu große Nase wirkte der Kopf schmaler. Der entschlossene Mund und ein kantiges Kinn prägten ein männliches Gesicht, in dem zwei tiefblaue Augen blitzten.

Die gegenseitige Begrüßung wurde vom Telefon unterbrochen. Dr. Corvus musste jemandem erklären, dass er dringend eine Baugenehmigung erwarte, die schleppende Bearbeitung aber seine Pläne verzögere, die er fristgemäß verwirklichen wolle.

Ana sah sich derweil im Zimmer um. Die ungezwungene Anordnung der wenigen Möbel gab dem Raum eine legere Eleganz. Drei Stühle aus feinem Mahagoni waren mit gepolsterten Armlehnen ausgestattet und mit grünem Seidendamast bezogen. Das bis zur Decke reichende Bücherregal von Türbreite war mit handgeschnitzten Ornamenten verziert. Neben dem großen Schreibtisch standen zwei mit hellblauem Damast bezogene Empirestühle, auf dem Tisch befanden sich außer dem Telefon ein Terminkalender und in einem schlichten Silberrahmen das Foto von zwei Kindern. Kastanienbäume vor der raumbreiten Fensterfront dämmten das grelle Sommerlicht. Sämtliche Möbel waren Erbstücke aus dem Pastorat des Urgroßvaters Wilhelm Corvus, der sich einst mit Ideen von einem deutsch-protestantischen Reich in große Erwartungen verstiegen hatte.

Als er das Gespräch beendet hatte, verharrte Dr. Corvus mit dem Hörer in der Hand noch einen Moment vor seinem Schreibtisch. Ana registrierte mit Wohlwollen seine aufrechte Körperhaltung, die seine Größe vorteilhaft hervorhob. Sie schätzte sein

Alter auf vierzig. Seltsamerweise hatte sie sich Dr. Corvus als einen kurzbeinigen, dicken Mann mit rundem, kahlem Kopf und doppelter Kinnpartie vorgestellt. Umso überraschter war sie, statt einer altväterlichen Erscheinung einem jungenhaften, großen Mann mit intellektueller Ausstrahlung gegenüberzustehen. Ana war fasziniert. Das war ein Mann, an dem Frauen etwas Besonderes fanden, ein Typ, der die Frauen anzog.

Nachdem Dr. Corvus noch einen kurzen Vermerk notiert hatte, erkundigte er sich, ob sie eine angenehme Fahrt zur Sophienburg gehabt habe. Ana beantwortete die Frage ausführlich mit der Beschreibung eines stinkenden Lasterungetüms, mit dem sie auf der Landstraße einen ungleichen Kampf ausgefochten hatte. *Dann allerdings*, sagte Ana, *als ich den Dinosaurier überholen konnte, fand ich erfreulich schnell den Abzweig zur Sophienburg. Ich hoffe, dass hier der richtige Ort ist, zumindest vorübergehend meine Sorgen loszuwerden.*

Dr. Corvus setzte sich zu Ana und bat sie mit aufmunterndem Blick, ohne Umschweife über ihre Schwierigkeiten zu sprechen.

Ich musste mir nie ernsthafte Sorgen um meine Mutter machen, begann Ana, *und so war ich zunächst bestürzt, wie radikal sich ihr Gesundheitszustand verschlechtert hatte. Ich konnte nicht verstehen, wie es ihr gelungen war, ihre körperlichen Leiden vor mir geheim zu halten. Vielleicht litt sie unter Schmerzen, wenn sie plötzlich aufgeregt ihren Ärger in wüsten Schimpfkanonaden herausschrie. Im Krankenhaus* hat sie sich trotz ihrer körperlichen Schwäche unter lautem Spektakel und mit großer Anstrengung gegen die intravenösen Behandlungen zur Wehr gesetzt und den Ärzten und Schwestern nicht unerhebliche Mühen bereitet.

Dr. Corvus versuchte Ana zu beruhigen. *Dr. Heller hat mich bereits ausführlich über Ihre Mutter in Kenntnis gesetzt. Es ist durchaus möglich, dass sich, wie bei vielen Menschen im hohen Alter, auch bei ihr eine verhängnisvolle Bewusstseinsstörung entwickelt. Unabhängig davon, was die internistische Behandlung betrifft, ist sie im Krankenhaus gut versorgt worden.*

Ich sehe als Gerontologe den Sinn meiner Arbeit darin, die Menschen in ihrer letzten Lebensphase nicht ihrem Schicksal zu überlassen. Alte Leute verlieren oft ihre Orientierung und stürzen aus den bisherigen Lebensbedingungen in einen seelischen und sozialen Abgrund. Sie verfangen sich in einem Netz von Depressionen und verharren in angstvollem, tiefem Pessimismus. Eigenartig empfindlich geworden, versagen sie sich häufig im Alltag jeder Beziehung. Ich möchte gerne den alten Menschen in ihrer schwierigen Situation helfen. Auch im Alter schlägt im Herzen ein Wille zum Leben, infolgedessen dürfen sich die Lebensbedingungen nicht entscheidend ändern. Dank der individuellen Betreuung durch unsere vorzüglich ausgebildeten Pflegerinnen und Pfleger haben wir mit unseren geriatrischen Rehabilitationsmaßnahmen sehr zufrieden stellende Ergebnisse erzielt. Ich will kein Geheimnis daraus machen, dass ich ein wenig stolz darauf bin, wenn unsere Heimbewohner, die oft sehr verschlossen waren, mir heute heiter und mit großer Zuversicht begegnen.

Zu meinem Bedauern reichen unsere vierzig Pflegeplätze nicht aus. Trotz unserer hohen Kostensätze haben wir eine ständig steigende Nachfrage. Wir werden demnächst unser Haus erweitern können. Im Augenblick ist es uns aber möglich, Ihre Mutter aufzunehmen.

Ana atmete auf. Ich bin fest entschlossen, alles zu tun, um das immer schwieriger werdende Leben meiner Mutter zu erleichtern, sagte sie. Daher bedeutet es für mich sehr viel, wenn meine Mutter die Gelegenheit bekommt, in Ihrem Heim betreut zu werden. Über die Kosten habe ich mir noch keine Gedanken gemacht, das sind Pflichten, um die es mir nicht leidtut. Ich glaube nicht, dass mein Mann, Herr Pretorius, sich anders entscheiden würde.

Dr. Corvus erkannte in diesem Augenblick in Ana eine Frau mit einem faszinierenden Selbstbewusstsein. Er war verblüfft. Seit langer Zeit hörte er endlich wieder einmal eine Frau sprechen, die nicht bloß etwas sagte, sondern mit ihrer nicht alltäglichen Stimme eine warme Energie ausströmte. Ihre Gesichtszüge waren sanft, doch ihre Lippen wirkten streng, während ihre Augen ihn unter den hoch geschwungenen Brauen mit offenem Blick ansahen. Er ließ sich eine Weile Zeit, bevor er sich zu ihr hinüberbeugte und antwortete: Frau Pretorius, Sie können schon in den nächsten Tagen mit Ihrer Mutter zu uns kommen. Wir haben die Zimmer so vorbereitet, dass wir uns für die persönlichen Einrichtungswünsche Ihrer Mutter etwas Zeit nehmen können.

Nachdem Dr. Corvus Ana das weiträumige Haus und die großzügig eingerichteten Wohnbereiche gezeigt hatte, tranken beide in der Cafeteria noch eine Tasse Tee. Ana sagte: *Es hat mich erstaunt, dass Sie so kurz entschlossen bereit sind, meine Mutter in Ihrem Haus zu betreuen, ohne sie näher zu kennen.*

Dr. Corvus lachte. *Warum sollte ich sie erst näher kennen? Ich gehe davon aus, dass mir während unserer Gespräche das Wesen Ihrer Mutter nicht verborgen geblieben ist.*

Ana hätte sich gerne noch ausführlicher mit Dr. Corvus unterhalten, aber es wurde Zeit für die Abreise. Während der Rückfahrt nahm sie sich vor, gleich Damian anzurufen, um ihm von den Ereignissen des Tages zu berichten. Ana war mit dem Tag sehr zufrieden. Wesentliche Schwierigkeiten, die ihr bisher keine Ruhe gelassen hatten, waren ausgeräumt. Es war ein eigenartiges Gefühl, jemanden getroffen zu haben, der sofort erkannte, was sie auf dem Herzen hatte. Sie war überzeugt, dass ihre Mutter sich in Haus Sophienburg nicht alleingelassen fühlen würde und Dr. Corvus bereit war, alles zu tun, damit sich die durch ihre Krankheit völlig entkräftete Frau wieder etwas erholte.

Ana wunderte sich nicht über ihr starkes Interesse, Dr. Corvus näher kennen zu lernen. Er war sicherlich ein Mensch, mit dem man sich über vieles Nützliche unterhalten konnte, keiner, der bemüht war, unsäglich belanglose Geschichten zu erzählen.

Als Ana am nächsten Morgen das Krankenzimmer betrat, war ihre Mutter bereits aufgestanden, hatte sich gekämmt und das grüne Plisseekleid angezogen. *Ich warte schon weiß Gott wie lange auf dich*, sagte sie mit kaum verhohlener Entrüstung. *Ich will jetzt hier raus, mir reicht's.* Obwohl Ana erschrocken war, versuchte sie gelassen zu bleiben und sagte: *Mach dir keine Sorgen, es ist alles vorbereitet. Du kannst, wenn du willst, heute das Krankenhaus verlassen, aber vorher müssen wir uns noch einig werden, wohin die Reise gehen soll.* Verständnislos schüttelte die Mutter ihren weißhaarigen Kopf. *Was soll das heißen, wir müssen uns noch einig werden, wohin wir fahren?*, herrschte sie Ana an. *Wir fahren nach Bad Waldborn zur Sophienburg, das hat mir gestern Abend Dr. Heller erzählt.*

Dr. Heller hatte sich viel Zeit für Anas Mutter genommen, um sie zu überzeugen, dass es ihr nicht guttun werde, wenn sie wieder allein in ihre Wohnung zurückkehrte, dort werde sie sofort wieder schlappmachen. Als Arzt müsse er ihr den Rat geben, zukünftig in einem ärztlich betreuten Heim zu wohnen. Ihre Tochter habe sich bereits um alles gekümmert.

Ana war verblüfft. Sie hatte nicht damit gerechnet, dass ihre Mutter bereits auf das Kommende vorbereitet war. Sie war dankbar, dass Dr. Heller ihr diese schwierige Aufgabe bereits abgenommen hatte.

Kurz darauf verließ sie mit ihrer Mutter, die erhobenen Hauptes freudig vor sich hin summte, das Krankenhaus. Sie bat Ana, doch noch einmal durch die Straßen der Stadt zu fahren. Ihre Augen schauten lebendig umher, in den vertrauten Gassen nickte sie immer wieder zum Abschied leicht mit dem Kopf und war dankbar, dass Ana sehr langsam fuhr. Als sie vor ihrem Wohnhaus anlangten, musste Ana einen kurzen Halt einlegen. Auf den Lippen ihrer Mutter wagte sich ein wehmütiges Lächeln hervor. Sie verabschiedete sich von den Bildern, die sich über Jahre in ihrer Seele verdichtet hatten. Sie schloss ihre Augen und sagte zu Ana: *Fahr los, es wird Zeit, dass wir zur Sophienburg kommen.* Ana wurde klar, dass ihre Mutter jetzt wusste, dass sie nicht mehr an diesen Ort zurückkehren würde.

Wortlos saß Anas Mutter während der Fahrt neben ihrer Tochter. Es war die gleiche Richtung, in die sie oft mit dem Bahnbus zu ihren Wanderungen ins Mühlenholztal gefahren war. Jahrelang hatte sie sich von dieser Landschaft besonders angezogen gefühlt.

Kaum hatte Ana das Auto vor dem Haupteingang geparkt, erschien Dr. Corvus zu ihrer Begrüßung in der Tür. Anas Mutter überlegte einen Augenblick und erkannte dann in Dr. Corvus den Jogger, der ihr öfters auf einsamen Waldwegen begegnet war. Einmal hatte er eine längere Pause gemacht und mit ihr über den schlechten Zustand der Wege gesprochen. Dr. Corvus erkannte sie ebenfalls gleich, begrüßte sie wie eine gute Bekannte und umarmte sie herzlich mit den Worten *Der Wanderschritt, der hält uns fit.* Mit diesem Spruch hatte Anas Mutter ihn jedes Mal begrüßt, wenn sie sich begegnet waren. Ana war sehr überrascht, dass die beiden sich kannten. Eigentlich konnte man nicht erwarten, so viel Glück auf seiner Seite zu haben.

In diesem Augenblick erhielt Ana Gewissheit, dass sie den Ort gefunden hatte, an dem sie ihre Mutter sicher versorgt wusste. Als sie später in der kleinen Wohnung waren, öffnete Anas Mutter das breite Fenster zum Park, holte tief Luft und sagte mit Blick auf die Ulmen und Lindenbäume: *Hier kann ich atmen, hier kann ich leben.* Es dauerte lange, bis sie die Liste der Umzugswünsche besprochen hatten. Schließlich wurde die Aufstellung auf die guten und notwendigen Kleidungsstücke reduziert. Zur Erinnerung sollte Ana ihrer Mutter lediglich zwei Wandbilder und das kleine Meißner Porzellangeschirr mit dem silbernen Essbesteck nach Sophienburg mitbringen.

Ana sagte ihrer Mutter, dass sie noch heute zu Damian fahren und versuchen werde, so bald wie möglich zurückzukehren. Sie hoffte, dass ihre Mutter die Krise der letzten Wochen überstanden hatte und in den nächsten Tagen ohne ihre Hilfe zurechtkommen würde. Vielleicht hatte sie den Lebenswillen ihrer Mutter, der ihr so große Sorgen gemacht hatte, unterschätzt.

Als Ana das Arbeitszimmer von Dr. Corvus betrat, sagte er zu ihr: *Ich habe mit unserer Frau Kariem gesprochen. Sie ist eine sehr zuverlässige Schwester, die sich der Betreuung Ihrer Mutter annehmen wird. Ich bin sicher, dass Frau Kariem in ihrer einfühlsamen Art dafür sorgen wird, dass Ihre Mutter in der neuen Umgebung bald zurechtkommt.*

Ich bin überzeugt, erwiderte Ana, *dass ich in Ruhe für einige Tage nach Hause fahren kann, bevor ich mich hier um die Auflösung der Wohnung kümmern werde. Statt zwei Tage waren es drei Wochen, die mich von zu Hause ferngehalten haben. Gott sei Dank ist Herr Pretorius ein Mann, mit dem ich zwar verheiratet bin, der aber nie das Verlangen hat, sich in Angelegenheiten seiner Frau einzumischen. Wir sind uns einig darin, dass, wenn man sich gegenseitig ernst nimmt, man auch die Freiheit haben muss, allein zu entscheiden und zu tun, was man will.*

Diese Worte überraschten Dr. Corvus nicht. Er sah aufmerksam in das sehr lebendige Gesicht einer Frau, das deren Zärtlichkeit zwar spüren ließ, in dem man aber auch erkennen musste, dass ihr beneidenswertes Selbstbewusstsein dominierte. Ana, die ihn seltsamerweise schon bei ihrer ersten Begegnung stark beeindruckt hatte, war nicht gerade eine Frau seiner Generation, sondern eine Frau, bei der man auch nach ihren mehr als vierzig Jahren Ehe nicht von Alter reden konnte. Ihre Gesichtshaut war frisch und glatt, unter ihren Augen konnte man keine Faltenkränze bemerken. Sie war sicherlich eine Ausnahme ihres Jahrgangs. Eine bunte, raffinierte

Bluse und der knielange Jeansrock betonten ihre Weiblichkeit.

Unwillkürlich verglich er sie mit Klara, seiner Frau, die je nach Jahreszeit in ihren leichten, grauen Flanellkleidern oder schweren Wollkostümen immer so streng wirkte, als wolle sie das Leben ohne Heiterkeit verbringen. Nach der Geburt des zweiten Kindes hatte sich ihr Wesen völlig verändert. Sie schien zu glauben, dass die Zuneigung zu ihren Kindern, die sie über alles liebte und grenzenlos verwöhnte, durch geschlechtliche Wollust belastet würde. Wenn er versuchte, sich ihr zu nähern, zog sie sich sofort in sich selbst zurück. Für sie war das Bett nur noch zum Schlafen da. Die ersten Jahre mit ihr waren wunderbar, er hätte die Veränderung seiner Frau nie für möglich gehalten. Heute war es kaum noch erkennbar, dass sie einmal eine reizende junge Frau gewesen war.

Vielleicht waren es die Erinnerungen an ihr puritanisches Elternhaus, die sie zwangen, sich so schamhaft zu verhalten. Sie war nur noch Mutter, eine, die sich ausschließlich für ihre Kinder engagierte. Allein dass sie sich ihren Töchtern widmen und ihnen jeden Wunsch erfüllen konnte, machte sie sehr zufrieden. Morgens wurden die Mädchen zur Schule gefahren und mittags wieder abgeholt. Nachmittags standen Ponyreiten und Klavierspielen auf dem Programm, oder sie half ihnen bei den Schulaufgaben.

Längst hatte Dr. Corvus seine Gewohnheit aufgegeben, morgens mit der Familie gemeinsam zu frühstücken. Kaum hatten sie sich Guten Morgen gesagt, musste er immer wieder geduldig mit anhören, wie seine Frau mit den Kindern jede Einzelheit des Tagesablaufs besprach. Wären neben seinen Aufgaben als Mediziner nicht noch die umfangreichen Verwaltungsarbeiten gewesen, die sich tagsüber stapelten und ihn am Computer festhielten, hätte er abends gerne mit seinen Kindern zusammengehockt.

Vor zwei Jahren hatte er mit Planungen begonnen, das Altenheim zu erweitern. Mittlerweile waren die Pläne so weit gereift, dass Architekten und Immobilienmakler ihn auch an Wochenenden mit ihrer Betriebsamkeit überfielen. Unter diesen Umständen hatte er einen geplanten Sonntagsausflug mit seiner Familie zum Weidensee immer wieder verschieben müssen.

Nach der Verabschiedung von Dr. Corvus hatte Ana kurz bei Damian angerufen und ihm gesagt, dass sie ohne anzuhalten jetzt nach Hause fahren werde. Damian passte Anas Eile nicht so recht, er musste noch einigermaßen Ordnung schaffen, bevor sie eintraf. Nie legte er etwas ordentlich an seinen Platz. Wenn er alleine im Haus war, herrschte bald ein großes Chaos. Tische, Stühle und Sessel waren über und über mit Büchern, Zeitschriften und Briefen bedeckt. Mit hastigen Handgriffen raffte er alles zusammen und versuchte dann nach einem unergründlichen System die Stapel zu sortieren. Ana musste lachen, als sie das Wohnzimmer betrat und Damian neben einem riesigen Papierstapel hocken sah. Sie begrüßte ihn mit *Hallo* und fragte: *Wie geht es dir?* Damian überhörte die Frage, kam mit ausgebreiteten Armen auf Ana zu und drückte sie kräftig.

Ana registrierte, dass Damian eine Flasche Bordeaux auf dem Sideboard bereitgestellt hatte. Später, als sie ein Glas Rotwein getrunken hatten, schilderte sie Damian die turbulenten Ereignisse der letzten drei Wochen. Bei dem Gedanken, dass auch ihn einmal die lästigen Altersquengeleien überfallen würden, hatte Damian einen flauen Geschmack im Munde.

Was es in ihrer Abwesenheit Besonderes gegeben habe, wollte Ana wissen. *Unser Freund Dr. Falken hatte das Bedürfnis, mich zu besuchen. Er hat mich mit einer tragischen Geschichte über irgendeinen seiner Verwandten genervt. Bei dessen Begräbnis habe er über sein Leben nachgedacht und sofort zu Hause begonnen, sein Testament zu schreiben. Seine Pläne, die Sammlung meiner Bilder, die er im Laufe der Jahrzehnte erworben hat, dem Landesmuseum zu überschreiben, sind auf Ablehnung gestoßen. Inzwischen hat sich eine Galerie für die Kollektion interessiert, um mit ihr eine Ausstellung zu arrangieren. Dr. Falken bat mich, ihm bei der Regelung der Angelegenheit zu helfen. Es tat mir leid, ich musste ihn enttäuschen, denn die Experten der Kunstwelt interessieren mich prinzipiell nicht. Dr. Falken war sehr frustriert, aber ich mache mir keine Sorgen. Er weiß seit Jahren, sobald meine Bilder das Atelier verlassen, sind sie für mich bedeutungslos geworden. Ich weiß nicht, ob wir jetzt darüber reden sollen, aber ich denke, ich habe gerade mein bestes Bild gemalt,* sagte Damian euphorisch.

Ana wunderte sich nicht. Das behauptete er immer wieder, wenn er ein neues Werk signiert hatte. In kräftigen Farben zeigte das Bild taumelnde Menschen, es war nach einer älteren Skizze gemalt. Die Blätter mit den eilig skizzierten Gestalten waren ihm irgendwie in die Hände gefallen. Seltsamerweise wirkten diese Menschen mit ihren ausgestreckten Armen wie verzerrte Figuren. Um seine tiefen Empfindungen freizusetzen, war er seit einigen Jahren in der Farbgestaltung nicht mehr so zurückhaltend. Durch gezielte Pinselstriche wurden die Bilder immer wieder verwandelt, bis er die Arbeit daran aufgab. Damian lehnte es grundsätzlich ab, seine Bilder zu interpretieren. Um die Betrachter neugierig zu machen und unter Spannung zu setzen, bezeichnete er seine Gemälde als unvollendet, vergaß dabei aber nie, seine Werke zu signieren.

Gut, sagte Ana, *reden wir also über Kunst. Das ist natürlich dein Thema, mit dem du unablässig versuchst, die Welt zu verändern. – Nein heute nicht*, erwiderte Damian, *wir trinken noch ein Glas Rotwein, und ich hätte gerne erfahren, wie es mit der Betreuung deiner Mutter weitergehen wird, denn ich bin überzeugt, dass sie auch weiterhin deine Hilfe brauchen wird. – Damit wären wir also wieder bei den Problemen des Alltags*, sagte Ana, nahm das Weinglas und trank einen großen Schluck. Bisher hatte sie sich noch nicht die Mühe gemacht, über die nächsten Wochen nachzudenken. Sie war sich aber im Klaren, dass sie ihre Mutter jetzt regelmäßig besuchen musste. Wenn sie des Öfteren in Haus Sophienburg sein würde, wollte sie auch irgendwann gerne mit Dr. Corvus ein Gespräch führen, das sich nicht unbedingt nur mit dem Schicksal alter Leute befassen musste.

Ich weiß nicht, sagte Ana zu Damian, *was noch auf mich zukommt, ich habe zum ersten Mal seit langer Zeit wieder eine sehr starke Bindung zu meiner Mutter entdeckt. Ich muss mir sehr viel Mühe geben, damit sich unser Verhältnis verbessert. Vermutlich muss man erst alt werden, um seine Mutter zu verstehen.*

Damian schwieg eine Weile und sagte dann: *Du wirst hungrig sein, ich habe eine kleine Mahlzeit vorbereitet. Bei dem warmen Wetter können wir uns auf die Terrasse setzen.* Damian war für das Essen zuständig. Seit der Zeit, in der Ana vor allem Geschäftsfrau geworden war, hatte er die Alleinherrschaft in der Küche übernommen. Die Erinnerungen an seine ersten Kochversuche lagen heute noch allen schwer im Magen. Zu Anfang hatte er die Gewürze gleich händeweise verstreut, Salate und Gemüse zerschrotet und die zartesten Schnitzel in der Pfanne ruiniert, als wolle er seine Familie ausrotten. Aber das war lange her. Inzwischen kochte Damian mit Begeisterung und bewies, dass er auch in der Küche ein Künstler war. Seine Menüs schmeckten hervorragend. Im Gegensatz zu seinem sonstigen Hang zum Durcheinander herrschten in der Küche beeindruckende Ordnung und Sauberkeit. Manchmal, wenn Gäste im Hause waren, verbrachte Damian mehr Zeit in der Küche als in seinem Atelier.

Wochentags fuhr er zum Markt, um frische Produkte für das Abendmenü einzukaufen. Er wählte nur das Beste für seine Küche aus. Oft waren es bedrohliche Mengen Gemüse, Kräuter und Salate, die er im Fond seines Kleinwagens verstaute. An diesem Abend hatte er einen Salat mit hauchdünnen Steinpilzen und Seezungenfilets, garniert mit Tomaten, auf der Speisekarte.

Bleiben wir noch etwas draußen sitzen, sagte Ana nach dem Essen. In der warmen Luft des Spätsommerabends empfand sie eine befriedigende Ruhe. Hinter den schwarzen Kiefern am Gartenrand war die Sonne bereits untergegangen. Ana wollte keine Gespräche mehr, sie trank ein Glas Eistee und wollte hier das Abenddunkel erwarten. Sie genoss die Stille. Ana war einige Schritte weit auf den Rasen gegangen und hatte sich in das noch warme Gras gesetzt. Reglos schaute sie in den dunkel werdenden Abendhimmel. Sie fühlte sich sehr zufrieden.

Bedächtig näherte sich Damian ihr. Während er sich zu ihr hinabbeugte, spürte er ihr begehrendes Atmen. Plötzlich rief sie lachend *Komm, alter Mann* und zog ihn, mit beiden Händen in seine Kniekehlen fassend, zu sich hinab. Damian wollte fluchen, als er unversehens zu Boden stürzte und den Geschmack des Grases in seinem Munde fühlte. *Was ist los mit dir, willst du mit mir einen Ringkampf machen? – Nicht unbedingt, ich will nur nicht zu lange warten müssen. Komm, wir ziehen uns aus*, flüsterte sie ihm ins Ohr. Kurz darauf war ihre Kleidung auf dem Rasen verstreut. Ana presste ihre großen Brüste auf seinen muskulösen Oberkörper, Damian spürte schmerzend ihre Fingernägel in seinem Rücken.

War es Wirklichkeit oder ein Traum, dass sie sich immer noch wie früher liebten? Es musste schon nach Mitternacht sein. Als der Grasboden kalt und feucht wurde, waren sie fröstelnd aufgestanden und ins Haus gegangen. Ana hatte sich sofort ins Badezimmer begeben. Damian lag auf dem Doppelbett und hielt die Augen geschlossen. Was war das Unerklärliche, dass sie immer noch unbefangen wild in ihrer Liebe waren? Damals, als sie sich von einer verstockten Gesellschaft in die Ehe hatten treiben lassen, hatten sie das Gefühl, in eine Sackgasse geraten zu sein. Sie waren kein liebendes Paar mehr, sondern ein Ehepaar, das sich die Treue ihrer Körper versprochen hatte.

Als sie heirateten, war sexuelle Lust die Quelle ihrer Gemeinsamkeit. Was aber würde geschehen, wenn mit den Ehejahren ihre körperliche Liebe abstumpfte? Sie hatten sich unbedingt der Falle des Treueversprechens entziehen wollen. Jedenfalls sollte ihnen niemand die sexuelle Selbstbestimmung streitig machen, wenn einmal ein anderer Mann oder eine andere Frau in ihr Liebesleben eindringen sollte. An ihrem Zusammenbleiben durfte das nichts ändern. Das setzte natürlich die Fähigkeit voraus, sich nicht vor Erschütterungen im Liebesbündnis zu ängstigen.

An jenem Tag, an dem sie mit dem gesetzlichen Eheband verknüpft wurden, wollten sie gerne allein sein. In dem hell erstrahlten Trauungssaal des Rathauses herrschte beklemmende Leere, als sie vor der Beamtin und den beiden Trauzeugen ihre Ringe wechselten. Sie hatten nicht, wie es allgemein üblich war, zu einer Hochzeitsgesellschaft geladen. Es war ihnen nicht wichtig, diesen Tag mit vielen Menschen zu verbringen, die aßen und tranken und sich mit leutseligem Gerede beglückten. Für Verwandtschaft und Freunde war das eine große Enttäuschung, sie fanden es absonderlich und rätselten über die möglichen Gründe. Dass sie diesen Tag ganz zurückgezogen allein verbringen wollten, passte nicht in die Vorstellungswelt der Gesellschaft. Nach der Trauung waren sie außerhalb der Stadt hinauf zum Wolfscafé gefahren und hatten sich eine Riesenportion Fürst-Pückler-Eis bestellt.

Es war sonnig und warm an diesem Augusttag, sie wanderten lange über die hügeligen Höhen. In der weiten Ebene lag die Stadt unter einem feinen Dunstschleier, hier oben spürte man den leichten Sommerwind. Ungeduldig hatten sie sich hinter einer riesigen Rotbuche niedergelegt. Sie hatten beide Lust, sich zu lieben. Es war still und roch nach Waldboden, unter ihnen im Laub knisterten die kleinen vertrockneten Äste. Erst zum Abendbeginn waren sie heimgekehrt.

Ana war aus dem Badezimmer zurück. Damian lag nackt auf dem Bett, hatte die Augen geschlossen und versuchte sich schlafend zu stellen. Ana warf sich auf ihn, ihr frischer Atem schlug in sein Gesicht. *Tun wir es noch einmal*, sagte sie, während ihre Hände seinen Kopf kraulten. *Bei mir geht nichts mehr*, stöhnte Damian, *sei bitte nicht böse.*

Ana begriff, dass mit Damian nichts mehr anzufangen war. Das hatte nichts mit seinem Älterwerden zu tun. Wenn er Alkohol getrunken hatte, kam es schon mal vor, dass sich seine Männlichkeit beim zweiten Mal verweigerte. Mit einer schnellen Bewegung zog sie die Decke hoch, sie wollte Damian wenigstens neben sich fühlen. Schließlich fielen sie in einen tiefen Schlaf.

Als Ana am späten Morgen aufwachte, war Damian schon im Atelier. Sie war froh, dass sie nicht mehr routinemäßig früh aufzustehen brauchte. Sie dachte daran, dass schon einige Wochen vergangen waren, seit sie ihre berufliche Laufbahn beendet hatte. In allen bedeutenden Fachzeitschriften war bereits über den Besitzerwechsel ihrer Modefirma berichtet worden. Ana sagte es sich immer wieder: *Ich habe es so gewollt, dass sich mein Leben grundlegend ändert. Die Mode war meine Leidenschaft. Kann man ungerührt auf eine Leidenschaft verzichten? Ich habe mehr aufgegeben, als ich erwartet hatte. Nein, aus der Welt der Mode habe ich mich verabschiedet, weil ich meine Ziele erreicht hatte. Ich werde jetzt andere Ziele suchen und finden. Ich bin sechzig Jahre und nicht neidisch auf die Dreißigjährigen. Ich bin gesund, ich habe keine Beschwerden, mein Blutdruck ist normal, und die Gicht hat sich bei mir noch nicht eingeschlichen.*

Immer öfter schossen Gedanken an Dr. Corvus durch ihren Kopf. Sie sah dann nicht nur das jugendliche Lachen in seinem Gesicht. Es ging ihr nicht nur um den freundlichen, hilfsbereiten Mann, für den sie sich interessierte. Mit einem Mal war es mehr. Vermutlich würde sie in der nächsten Woche mit besonderer Spannung und pochendem Herzen zur Sophienburg fahren.

Als Damian nach ihr rief, schreckte sie hoch. Er hatte in der Küche das Frühstück zubereitet. Sie hatte wenig Appetit. Heute Morgen würde sie nur eine kleine Schale Frischobst mit Joghurt essen.

Ana antwortete mit verschlafener Stimme und stand auf. *Ach was, schon so spät!*, sagte sie sich erstaunt, als sie auf die Uhr blickte. Zu dieser Zeit hatte sie sonst schon einige Stunden in ihrem Betrieb gewirbelt. Sollte sie jetzt damit beginnen, ihre Lebensenergie zu verschlafen? Auf keinen Fall! Es war bestimmt keine schlechte Idee, wenn sie heute ins Fitness-Studio ging. Sie konnte sich doch jetzt jede Zeit für das Training nehmen.

Vor zwei Jahren war es nur ein dummer Zufall gewesen – sie wollte während der Mailänder Modewoche in ihrem Hotel nur die Sauna aufsuchen –, dass sie sich plötzlich in einer großen Sporthalle befand. Zwischen zahlreichen Geräten und vor Anstrengung stöhnenden Männern sah sie einige Frauen, die mit leichter Anspannung chromglitzernde Hanteln stemmten. Ein kräftiger Mann in weit fallender grauer Trainingshose war direkt auf sie zugekommen und hatte sie in temperamentvollem Redeschwall zu überzeugen versucht, dass Krafttraining keine reine Männersache sei. Nach ihrer Rückkehr war Ana einige Tage später zu Hause spontan in ein Sportstudio gegangen. Eine der Fitnesskoryphäen empfahl ihr ein kombiniertes Kraft- und Ausdauertraining, um die Muskeln bei Laune zu halten.

Bewegungsfaul war sie nie gewesen. Während der vergangenen vierzig Jahre hatte sie sich keine Gedanken darüber machen müssen, dass sie zu viel Fett mit sich herumschleppte. Nach dem Kinderkriegen waren ihre Hüften etwas breiter geworden, der leicht gewölbte Bauch hatte seine fast makellose Haut behalten, und bis heute waren ihre Brüste fest und rund geblieben.

Sie war nicht mehr so schmal wie einst als Mädchen, doch sie war stolz auf ihre etwas runder gewordene, aber immer noch schlanke Figur. Vielleicht waren es genetische Dispositionen, dass ihr Körper nicht mit Problemzonen belastet war wie der ihrer Freundin, der Boutiquebesitzerin Trude Barlog. Trude jammerte ständig über die aufquellenden Fettpölsterchen, die sich in ihrer umfänglichen Bauchregion ansiedelten. Ab und zu stürzte sie sich dann für einige Tage in einen Diätabgrund. Mit säuerlichem Apfelquark und Putensülze quälte sie sich durch die selbst diktierte Fastenzeit, um einige überschüssige Pfunde loszuwerden. Selten nahm sie ihren Abspeckwillen richtig ernst. Oft war sie schon nach wenigen Tagen vor Essgier so verrückt geworden, dass sie ihre Hungerkur abrupt abgebrochen hatte. Sie wagte dann einen kurzen Blick in den großen Wandspiegel, um sich mit einer kleinen Lüge den erhofften Gewichtsverlust zu bestätigen. Anschließend bestellte sie sich in einem benachbarten Asia-Restaurant ihr Lieblingsgericht, eine große Portion knusprigen Entenbraten mit Morcheln. Man sollte meinen, dass eine erfolgreiche, vernunftbestimmte Geschäftsfrau mit Selbstdisziplin ihre Fettdepots besiegen konnte.

Zu Anas Verblüffung hatte Trude Barlog nach ihrer Scheidung vor einigen Jahren einen manischen Drang entwickelt, die Liebesfähigkeit ihres Körpers auf die Probe zu stellen. Häufig erzählte sie Ana von den Affären ihres zweiten Frühlings. Für Ana war es unvorstellbar, mit solch einer üppigen Figur leben und lieben zu müssen. Sie hatte sich deshalb vorgenommen, aktiv Sport zu treiben, um ihren Körper stärker zu straffen. Das bedeutete, dass ihr Trainingsrhythmus in nächster Zeit nur noch durch Fahrten zur Sophienburg unterbrochen sein würde.

Nach einigen Tagen hatte Ana sich wieder gesammelt und begann mit der Wohnungsauflösung. Erst gegen Mittag war sie in den verlassenen Räumen bei ihrer Mutter angekommen. Sie war froh, dass sie sich vorgenommen hatte, aus der Hinterlassenschaft nur zwei Lederalben mit Familienfotos für sich zu behalten. Heute Nachmittag sollte die Wohnung komplett ausgeräumt werden, deshalb musste sich Ana sputen, Kleidung und Geschirr für ihre Mutter zusammenzusuchen. Sie entdeckte dabei manche Stücke, die sie an ihre Kindheit erinnerten, wie die kleine silberne Kuchengabel oder die gelbe Tasse mit dem Sonnenmädchen.

Bald konzentrierte sie sich wieder darauf, die Wunschliste ihrer Mutter abzuarbeiten, bis zwei große Reisetaschen gepackt waren. Als die Helfer vom Freien Wohlfahrtsverband mit den Umzugskartons hereinpolterten, hätte Ana am liebsten die Wohnung verlassen. Doch es ging alles sehr schnell. In den nächsten zwei Stunden hatten die vier Männer den Hausrat verpackt, die Küche und die Möbel zerlegt. Zuletzt wurden die Lampen abmontiert und in den Möbeltransporter verladen. Ana hatte keine Vorstellung von den Modalitäten einer Wohnungsauflösung, sie hatte keine Ahnung, wo der ganze Kram bleiben sollte. Die Männer sagten ihr, in einer Lagerhalle hinter dem Schützenhaus werde alles Verwertbare aussortiert, der Rest lande bei der Müllabfuhr.

Als Ana zuletzt noch einen prüfenden Blick in die leeren Zimmer warf, erinnerte nichts mehr an den Menschen, der hier viele Jahre seines Lebens verbracht hatte. Niemand aus dem Haus war gekommen, um sich nach dem Verbleib ihrer Mutter zu erkundigen. Natürlich waren die meisten Mieter erst vor ein paar Jahren nach dem Umbau der Wohnungen neu eingezogen. Aber die immer hilfsbereite Frau des Tischlermeisters Vogel hatte Ana wiederholt nach dem Befinden ihrer Mutter gefragt und versprochen, ihr im Altenheim einen Besuch abzustatten.

Ausgerechnet in dem Augenblick, als Ana vor Haus Sophienburg das Gepäck aus dem Kofferraum ihres Autos entladen hatte, prasselte ein starker Regenschauer auf sie herab. Ein Gärtner kam mit Riesenschritten herbeigelaufen und half, die Sachen ins Haus zu schleppen.

Was ist das für ein scheußliches Wetter!, sagte ihre Mutter zur Begrüßung, als Ana mit tropfnassen Haaren vor ihr stand. *Ich bin gespannt, ob du alles mitgebracht hast. Wir werden später auspacken, jetzt bin ich mit Frau Tiger zum Kaffee verabredet.* Ana war ziemlich verdutzt, als ihre Mutter mit diesen Worten stracks das Zimmer verließ. Erstaunlich, dass sie so schnell wieder zu Kräften gekommen war.

Muss dass jetzt sein?, stöhnte Dr. Corvus, als es an seiner Tür klopfte. Er hatte den Schwestern doch gesagt, dass er unter keinen Umständen gestört werden wollte. Der Tag heute war hektisch gewesen, denn irgendwoher waren Einwände gegen seine Pläne aufgetaucht, mit der Gründung einer Privatklinik auf dem Nachbargrundstück die Sophienburg zu erweitern.

Er hatte sofort Dr. Grauer informiert und ihn gebeten, ohne viel Staub aufzuwirbeln herauszufinden, was an der Sache dran war. Möglicherweise hörten schon einige Besitzer der Nachbarvillen die Krankenwagen mit lauten Heultönen im Höllentempo zur Klinik rasen. Es wäre denkbar schlecht, wenn nach dem langwierigen Prozedere um die Baugenehmigung weitere Verzögerungen entstehen würden, dann wäre sein Bau- und Finanzierungsplan ernsthaft gefährdet.

Eigentlich konnte er sich auf Dr. Grauer, den Vorsitzenden einer Bau- und Immobiliengesellschaft, verlassen. Im Augenblick aber schien wieder alles schiefzulaufen, wie einst beim Erwerb der Sophienburg. Damals hatte Dr. Grauer, den er seit seiner Universitätszeit kannte, das Projekt aus einer denkbar schlechten Lage zu einem guten Abschluss gebracht.

Als überraschend Ana im Türrahmen stand, erhob sich Dr. Corvus und ging ihr entgegen. *Hallo, schön, Sie wiederzusehen*, begrüßte er sie freudig. Dabei fiel ihm ein, dass er in der Hektik des Tages ganz vergessen hatte, dass sie ja angekündigt war. Während sie auf den Empirestühlen neben dem Schreibtisch Platz nahmen, erkundigte sich Dr. Corvus nach dem Verlauf der Wohnungsauflösung. Ana sagte, es sei zwar turbulent und hektisch zugegangen, aber die Wohnung sei schneller geräumt worden, als sie erwartet hatte. Auch wenn es ihr sehr nahe gegangen sei, wie das gesamte Hab und Gut ihrer Mutter auf Nimmerwiedersehen verschwand, sei sie am Ende sehr froh gewesen, als die Räume leer und gereinigt waren. Die restlichen Kleidungsstücke und die gewünschten Sachen habe sie schon ihrer Mutter aufs Zimmer gebracht.

Dr. Corvus schwieg eine Weile und fragte dann, ob sie heute noch nach Hause fahre.

Nein, sagte Ana, *es ist schon später Nachmittag, ich werde im Hotel am Schloss übernachten und bis morgen Mittag in Bad Waldborn bleiben. – Wir könnten gemeinsam in ein Restaurant zum Abendessen gehen*, schlug Dr. Corvus spontan vor. Dabei vergaß er allerdings, dass er Marion, seiner Frau, zugesagt hatte, heute an der Elternversammlung in der Clara-Schumann-Schule teilzunehmen. Ana merkte, dass Dr. Corvus den Abend gern mit ihr verbringen wollte. Sie kannten sich noch nicht lange, aber diese spontane Einladung freute sie ungemein.

Ana war der Einladung gefolgt und wartete nun im Hotelrestaurant auf Dr. Corvus. Ihr Haar war hochgekämmt, das blaue Sommerkostüm mit dunkler Bluse wirkte elegant und vorteilhaft. Der Ober hatte ihr die Getränkekarte gebracht und beschäftigte sich an den nicht besetzten Nebentischen.

Im dezent karierten Jackett betrat Dr. Corvus den Speisesalon, er hatte sich etwas verspätet, da er noch eine leicht verwirrte Patientin zu beruhigen hatte. Ehe er sich an den Tisch setzte, bat er Ana um Entschuldigung. Nachdem sie das Menü und die Getränke ausgewählt hatten – es gab Seeteufel mit Champignonkruste –, erzählte Dr. Corvus unerwartet Einzelheiten aus seinem Leben. Er arbeite zu viel, täglich sei er bis spätabends und oft auch sonntags beschäftigt. Seine Frau scheine zu glauben, dass ihn seine Familie nicht mehr interessiere. Er müsse unbedingt in den ständig komplizierter werdenden Verwaltungsapparat investieren und jemandem diese Arbeit übertragen.

Es ärgerte Dr. Corvus, dass seine Frau Marion nicht bereit war, über die bestehenden Eheprobleme zu sprechen, andererseits war sie stolz auf seine beruflichen Erfolge. Sie führte einen großen Haushalt und war ganz verrückt danach, ihren Kindern Brigid und Ellena jeden Wunsch zu erfüllen. Im vergangenen Jahr hatte sie ohne Zögern auf dem Birkenhof ein edles achtjähriges Reitpferd ersteigert, obwohl die Mädchen durchaus noch auf geduldigen Ponys reiten konnten. Selbst über Geldfragen gab es mit Marion keine Absprache, Geld hatte immer flüssig zu sein. Die wenigen Worte, die sie miteinander wechselten, galten nur den Angelegenheiten der Kinder. Es gab Tage, an denen selbst die letzten Spuren von Zuneigung zu seiner Frau verwischt waren. Zugleich konnte er sich aber nicht vorstellen, sie jemals an einen anderen Mann zu verlieren.

Seltsam, wunderte er sich, wie kam er dazu, Frau Pretorius seine Ehegeschichte zu erzählen? Bisher hatte er private Gespräche mit den Angehörigen seiner Patienten vermieden. Und bis jetzt wenigstens hatte er auch mit niemandem über die Missstände in seiner Ehe gesprochen, außer einer flüchtigen Bemerkung seinem Freund Dr. Grauer gegenüber. Erhaben wie ein Triumphator hatte ihm Dr. Grauer darauf von seiner zweiten Scheidung berichtet und mit stolzem Übermut behauptet, dass nur geschiedene Männer die wahren Männer seien. *Offenbar*, sagte Dr. Corvus zu Ana, *bin ich ein Mensch, der eine dauernde Missstimmung zwischen Mann und Frau nicht ertragen kann. Seit Jahren schaukelt sich unsere Ehe so dahin. Ich bin nur noch die großzügig zahlende Versorgungskasse für meine Frau und meine Kinder. Für die Außenwelt stellen wir aber eine wunderbar intakte Familie dar.*

Ana fühlte sich an ihre Hausfrauen- und Mutterjahre erinnert. Damals lagen noch keine Beatles-Songs auf dem Plattenteller, und es wurde noch mit keinem Wort über Feminismus und Emanzipation gesprochen. Für den bürgerlichen Mann war die Welt in Ordnung, wenn die Frau beflissen das Haus sauber hielt und Tag und Nacht die Kinder umsorgte. Der Vater konnte dann noch mächtig stolz auf die lieben, braven Kinder sein. Ana war nie versucht gewesen, sich in das Netz fürsorglicher Mütterlichkeit zu verstricken, denn auch Damian hatte immer Zeit gefunden, sich mit den Jungen zu befassen, und er hatte es mit viel Freude getan.

Aber keiner der Partner will darüber sprechen, nahm Ana den Faden auf. *Man muss oder will unglücklich zusammenleben und als typisch brave Familie bewundert werden. Für mich ist eine konfliktfreie Ehe eine kaputte Partnerschaft, die mit schönen Lügen zusammengehalten wird. Ich empfinde treue Ehemänner, wenn es denn solche gibt, als langweilige Geschöpfe. Da wir Frauen mittlerweile gleichberechtigt sein wollen, bedeutet das, dass es auch unter den Ehefrauen langweilige Geschöpfe geben muss.*

Dr. Corvus hatte erstaunt zugehört und dachte: *Wie diese vitale Frau über die Ehe spricht, besteht nicht der geringste Zweifel, dass ihre Worte von eigener Lebenserfahrung zeugen.* Nachdenklich sagte er: *Ich hatte nicht im Sinn, mich über meine Ehe zu beklagen. Es ist schon anstrengend genug, einigermaßen zufrieden verheiratet zu sein, aber ich denke, dass ein Leben ohne Familie für mich noch beschwerlicher wäre.*

Der Ober kam mit dem Essen, die hinteren Tische waren inzwischen besetzt, es war lauter geworden. Der Wein und der Fisch schmeckten ihnen sehr gut.

Als das Dessert – geeister Obstsalat mit Grand Marnier – serviert worden war, fragte Dr. Corvus Ana unvermittelt: *Können Sie sich an Ihre Kindheit erinnern? – Natürlich,* erwiderte Ana, *ich kann mich noch genau an einzelne Begebenheiten erinnern, die ich als kleines Mädchen erlebt habe. – Und können Sie sich zum Beispiel auch noch an eine alte Mühle erinnern, wenn ich so gezielt fragen darf? An den großen alten Mühlenhof im Bikental,* ergänzte Dr. Corvus seine Frage.

Ana sah ihn verwundert an. Das musste der Heimatort ihrer Mutter sein. Aus ihrer Kindheit waren ihr noch bestimmte Eindrücke vom Mühlenhof in Erinnerung. Wenn der Großvater mittags aus der Mühle kam, roch er nach Mehl. Die Großmutter war eine große, starke Frau, die lange schwarze Kleider trug, ihr silbergraues Haar war im Nacken zu einem kunstvollen Knoten verschlungen. Von der Großmutter, die immer gut gelaunt war, lernte sie als kleines Mädchen die wunderlichsten Dinge. Als einmal vor Ostern die fliederfarbenen Krokusse zu blühen begannen, hatte Großmutter ihr erzählt, dass die Hasen nun wüssten, dass sie sich mit dem Eierfärben beeilen müssten.

Dr. Corvus merkte, wie überrascht Ana von seiner Frage war. Er wartete noch einen Moment, dann sagte er: *In den ersten Tagen musste ich Ihrer Mutter besondere Aufmerksamkeit widmen, damit sie sich hier wohl fühlt. Bei dieser Gelegenheit hat sie mir mit Begeisterung das Leben auf dem Mühlenhof geschildert und alte Fotos gezeigt. Eigenartig, wahrscheinlich kenne ich die Mühle, zumal sie nur etwa hundertfünfzig Kilometer von hier entfernt ist. Der Gedanke daran geht mir nicht aus dem Kopf. Ich bin neugierig geworden und*

möchte den Ort gerne aufsuchen. Ich müsste einen Tag
frei machen und würde mich aufrichtig freuen, wenn
Sie mit mir gemeinsam zur Bikenmühle fahren.

Ana war über den Vorschlag sehr erfreut und sofort einverstanden. Sie beschloss, ihren nächsten Besuch in Bad Waldborn um einige Tage zu verlängern. Dr. Corvus sah Ana zufrieden an. Er erhoffte sich, mit ihr einen schönen Sommertag zu verbringen. Schade, dass er noch einige Zeit auf ihren nächsten Besuch warten musste. Diese Frau faszinierte ihn sehr. Er glaubte nicht, dass es etwas damit zu tun hatte, dass sie älter war als er, aber sie war anders als die Frauen, die sich ihm als Arzt anvertrauten und häufig angesichts ihres Alters nichts mehr vorhatten, was ihre eingeschlafene Libido erwecken könnte. Er war von Ana sehr beeindruckt, denn sie war keine von den Frauen, bei denen das Älterwerden eine Krise auslöste und die sich dann unschlüssig waren, wie es in ihrem Leben weitergehen sollte. Vermutlich war Ana eine Frau, die – von ihrer erotischen Ausstrahlung überzeugt – sich ewig jung fühlte.

Dr. Corvus genoss nach dem Essen gerne einen Espresso. Er winkte den Ober herbei und bestellte auf Anas Wunsch auch für sie eine Tasse.

Es war spät geworden, und es schien für Dr. Corvus an der Zeit zu sein, sich zu verabschieden. Ana wurde von dem Wein langsam müde. Das hatte sie nicht erwartet, sie war morgens aber auch sehr früh aufgestanden. Nachdem Dr. Corvus beim Ober bezahlt hatte, ging Ana mit dem Arzt zum Hotelparkplatz hinaus. Die Abendluft war noch mild. Als

Dr. Corvus ihr zur Verabschiedung die Hand reichen wollte, schritt Ana auf ihn zu, kam ihm sehr nah, legte ihre Hand auf seine Stirn und streichelte ihn zart über den Nasenrücken bis zum Kinn. Es irritierte ihn, durch die plötzliche Berührung eine besondere Innigkeit zu verspüren, die er nicht erwartet hatte.

Zum Glück blickte ihn Ana offen an, sagte lachend: *Ich fand den Abend ungewöhnlich schön, dafür möchte ich mich extra bedanken,* und umarmte ihn fest. Als er ihren Körper fühlte, spürte er leichte Anzeichen der Erregung. Solch einen Moment hatte er seit Jahren nicht mehr erlebt. Er wollte einen klaren Kopf behalten und löste sich aus ihrer Umarmung. Er entschuldigte sich, dass es höchste Zeit für ihn sei, nach Hause zu fahren. Dann drückte er fest, aber liebevoll Anas Hand, setzte sich in sein Auto und fuhr in Richtung Waldborn davon. Ana kehrte zu der hell erleuchteten Restaurantterrasse zurück.

Das Hotel, ein altes Haus aus der Gründerzeit, war seit einigen Jahren unter Auflagen des Denkmalschutzes renoviert worden. Der Gästeaufzug befand sich in einem Seitengebäude. In dem großzügigen, mit azurblauen Teppichen ausgelegten Treppenhaus verbreiteten bronzene Spiegelleuchter noch etwas von der ehemaligen herrschaftlichen Atmosphäre. Anas Zimmer war im dritten Stockwerk. Ohne Verschnaufpause erreichte sie mit schnellen Schritten den Flur in der oberen Etage.

Ana duschte eilig und legte sich erschöpft ins Bett. Sie versuchte noch einmal über die Ereignisse des heutigen Abends nachzudenken. Offensichtlich hatte sie Dr. Corvus durch ihre unvermittelte körperliche Berührung stark verwirrt. In solch einem Augenblick hatte sie das glückliche Empfinden, dass sie eine Frau war, die mit zärtlicher Geste einen Mann daran erinnern konnte, dass er nicht geschlechtslos war.

Als sie Dr. Corvus zum ersten Mal begegnet war, hatte sie nicht erwartet, dass sie sich schon bald mit ihm verabreden würde. Eigentlich hatte sie sich keine Gedanken gemacht, ob sie eine engere Beziehung zu dem Arzt ihrer Mutter zulassen sollte, aber sie wollte dem Reiz, begehrt zu werden, nicht ausweichen. Sie spürte ihre Ungeduld und nahm sich vor, möglichst bald für eine nächste Begegnung zurückzukommen. Ana lag noch lange wach.

Gut gelaunt machte sie sich am nächsten Vormittag auf die Heimfahrt. Zuvor wollte sie in der Stadt noch bei Trude Barlog vorbeischauen. Ana wurde in dem eleganten Laden von ihrer Freundin stürmisch mit den Worten *Dass du dich noch für mein Geschäft interessierst!* begrüßt.

Warum nicht?, sagte Ana. *Ich bin überzeugt, dass du nach wie vor gut verkaufen wirst. Du hast von Anfang an eine exklusive Kundschaft gehabt und gut verdient.*

Du hast Recht, Ana, meine Stammkundinnen, die teure Kleider kaufen, bleiben mir treu, stimmte Trude zu. *Zweifellos habe ich noch nicht genug verdient, um als ältere Frau einigermaßen sorglos leben zu können. Ich darf meinen Laden noch nicht aufgeben. Jedenfalls muss ich mich noch ein paar Jahre abplagen. Manchmal denke ich, es ist eine Schweinerei, dass der Mensch altert. Ich möchte meinen Kindern später nicht mit schäbigen Altersleiden zur Last fallen. Meine Kinder sind erwachsen und jammern stets, dass sie Wichtiges zu tun haben. Sie lassen sich kaum noch bei mir sehen.*

Meine größte Dummheit war, dass ich mich so spät von meinem Mann Alex habe scheiden lassen. Dieser Kerl hatte nie den Mut und die Kraft, sein Wissen ernsthaft zu nutzen. Mit seiner Schriftstellerei ist er nicht angekommen, er hat mir ständig auf der Tasche gelegen. Das war schließlich der Grund meiner Trennung, und die war verdammt teuer für mich. Es war immer schon so: Wer nichts ist und wer nichts hat, der darf wenigstens abzocken.

*Aber was erzähle ich dir denn da, das weißt du alles.
Doch das Wichtigste, was ich dir berichten wollte, wird
dich umschmeißen. Hör gut zu, Ana: Der neue Betriebsleiter von Antoniette-Moden ist Arno Pose. Während ich neulich zum Ordern der Wintermode in der
Firma war, kam Pose unerwartet auf mich zu und
begrüßte mich. Er sah gut aus und war sehr freundlich
zu mir.*

Ana atmete tief, blieb aber gelassen und sagte:
*Wahrscheinlich war Pose so gerissen, sich umgehend
nach seinem Rausschmiss bei den Constantin-Moden
zu bewerben. Sein Verhalten damals in der Frage der
Leinenkostüme war verlogen und ein schwerwiegender
Vertrauensbruch. Ich musste ihn sofort entlassen, aber
die Gedanken daran belasten mich nicht mehr.*

Während des Gesprächs waren sie in Trudes Büro
gegangen. Sie setzten sich in die Sessel an dem runden Mahagonitisch und tranken eine Tasse Tee.
Trude sagte: *Entschuldige, Ana, ich wollte nicht über
Vergangenes sprechen. Dass Arno seine Hände bei dem
Leinenzwischenfall im Spiel gehabt habe, hat er mir gegenüber bestritten, er will nichts mehr davon wissen.*

Trude hatte sich zu Ana über den Tisch gebeugt,
hob den Kopf und sah sie an. Beinah flüsternd sagte
sie: *Seit der Trennung von Alex habe ich hin und wieder ein paar flüchtige Liebschaften gehabt. Vielleicht
habe ich jetzt eine große Dummheit gemacht: Ich bin
mit Arno ins Bett gegangen. Komisch, warum musste es
diesmal ausgerechnet Arno Pose sein? Als ich vor zwei
Jahren fünfzig wurde, war ich über mein Alter sehr
schockiert. Ich dachte, jetzt ist alles vorbei. Schließlich*

habe ich mir gesagt, Trude, du darfst dich nicht absacken lassen, es gibt noch etwas anderes, als abends allein vor der Glotze zu sitzen. Ich gehe gerne aus und lerne in den Gasthäusern und Tanzlokalen der Altstadt interessante Leute kennen. Es kommt immer mal wieder vor, dass einer mit mir schlafen möchte. Dann kann es passieren, dass ich einverstanden bin. Dabei ist mir bewusst geworden, dass meine sexuellen Batterien noch nicht verbraucht sind.

Ana konnte sich nicht vorstellen, dass es viele Männer gab, die sich füllige Frauen zum Sex aussuchten, obwohl sich jede Frau für begehrenswert halten sollte. Sie sagte zu Trude: *Wir können uns nicht dagegen wehren, dass wir älter werden, aber wir sollten den Wunsch nach Sex niemals aufgeben. Das Erotische in uns ist die Sonne des Lebens, das ist keine Frage des Alters. Ich nehme an, dass du mit deinem Lustleben zufrieden bist.*

Keine Frage, ich bin kein Kind von Traurigkeit, entgegnete Trude. *Der Abend mit Arno war toll, auch wenn das ein Mann ist, mit dem ich im Geschäftsleben weiterhin zurechtkommen muss. Ein Glück, dass ich nicht jeden Tag die Antoniette-Moden besuchen muss. Nach unserer unbekümmerten Nacht wird es mir bei meinem nächsten Einkaufstermin in der Firma wohl kaum gelingen, mich mit Arno Pose ausschließlich über neue Kleider und Kostüme zu unterhalten. Ich habe keineswegs die Absicht, jetzt regelmäßig mein Intimleben mit Arno zu teilen. Ich muss zugeben, dass ich es bisher als höchst angenehm empfunden habe, wenn meine Liebespartner so bald wie möglich auf*

Nimmerwiedersehen verschwanden. Hätte ich etwas mehr Überlegung und Verstand eingesetzt, wäre mir diese Affäre nicht unterlaufen.

Aber Trude Barlog hatte, als sie sich die Frühjahrskollektion zeigen ließ, Arno Pose in eine kleine Gaststätte zum Essen eingeladen. In dem gut besuchten Lokal war in der Nähe des Buffets noch ein Tisch frei.

Der Geräuschpegel dort war sehr hoch und der Lärm kaum zu ertragen. Trude blickte sich um und sah an den meisten Tischen nur ältere Frauen und Männer. Arno schien der einzige junge Typ in dem Laden zu sein. Sie aßen das Tagesmenü mit Rotbarsch und tranken dazu eine Flasche Silvaner.

Nach dem Essen machte Trude den Vorschlag, zum Plaudern noch eine stille Kneipe aufzusuchen. In der Bierstube *Zum alten Ofen* war es ungewöhnlich leer, nur an den hinteren Tischen saßen einige Pärchen. Trude liebte die von der Szene verschonten Kneipen, in denen man einfach nur Bier trinken, herumsitzen und quatschen konnte. Nach dem Wein schmeckte ihnen das Bier etwas schal, aber nachdem sie einige Kurze hinuntergekippt hatten, fühlten sie sich wieder in der Lage, das Bier zu genießen.

Trude erzählte von ihrer gescheiterten Ehe und dass sie nicht daran denke, sich noch einmal mit einem Mann ein gemeinsames Leben aufzubauen. Aber manchmal habe sie einzig und allein Lust darauf, mit einem Mann im Bett zu liegen. Arno war erstaunt, wie diese Frau ihr Leben meisterte – als habe sie nie ernsthafte Probleme. Er nahm ihre goldberingte Hand und drückte seine Lippen auf ihre Fingerspitzen.

Trude lächelte ihn an und sagte: *Komm, wir gehen zu mir nach Haus.* Arno flüsterte ihr ins Ohr: *Ich freue mich.* Unter dem Tisch versuchte er ihre Schenkel zu streicheln.

Trudes Wohnung lag in der Nähe in einem großen, modern renovierten Patrizierhaus. Sie gingen sofort in ihr Schlafzimmer und begannen sich hastig auszuziehen. Trude betrachtete Arnos Körper, und als er in seinem kurzen Shirt fast nackt vor ihr stand, griff sie ihm unversehens zwischen die Beine. Arno spürte einen kurzen Schmerz, er zog Trude an sich und hielt sie mit den Armen fest umschlungen, bis sie beide auf dem Bett lagen. Er schloss die Augen. Während er sein Gesicht auf ihre riesigen Brüste presste, begann er mit seinen schmalen, stark behaarten Händen ihren fleischigen Körper zu kneten. Trude gefiel das nicht, sie versuchte sich wegzudrehen und sagte mit heißem Atem: *Die Rumfummelei mag ich nicht, ich will gefickt werden.*

Als sie seine gewaltige Gier in ihrem Körper spürte, schrie sie lustvoll auf. Von den Momenten der totalen Entäußerung, die sich unglaublich stark wiederholten, war sie sehr angetan. Die Begehrlichkeit ihrer Körper wollte nicht aufhören, bis Arno von seiner kraftvollen sexuellen Energie verlassen wurde. Danach war er unfähig, die Reizempfindsamkeit ihres Körpers zu spüren, er wollte in Ruhe gelassen werden. Jetzt hätte er am liebsten Tee getrunken und Kartoffelchips geknabbert.

Langsam war er aus dem Bett gekrochen. Im schwachen Licht der Nachtlampe suchte er seine Kleidung zusammen und zog sich an. Hinter seinem Rücken spürte er Trudes Blick aus halb geschlossenen Augen. Er wäre gern heimlich und wortlos aus dem Zimmer verschwunden und von dannen gezogen. Hatte er Angst, sich von Trude zu verabschieden? Ihm ging der Gedanke durch den Kopf, sie könne ihn zum Bleiben auffordern. Vorsichtig ging er um das Bett herum. Als er in der Tür stand, traute er sich nicht, sich umzusehen und sagte nur: *Sei nicht böse, ich rufe dich morgen an.*

Wie ein Befehl drangen Trudes Worte an sein Ohr: *Zieh die Wohnungstür kräftig an und mach dir Licht im Treppenhaus!* Sie stand auf und ließ im Badezimmer das warme Wasser über ihren Körper plätschern. Trude wunderte sich, dass sie überhaupt nicht müde war. Sie warf den Bademantel über und kauerte sich auf die Wohnzimmercouch. Schließlich war es ihr egal, wie sie den Rest der Nacht verbrachte. Am nächsten Morgen, noch bevor sie ins Geschäft fuhr, bezog sie ihr zerwühltes Bett mit frischer Wäsche.

Ana war schließlich verspätet zu Hause angekommen. Sie war überrascht, wie ordentlich das Wohnzimmer aussah, und auf dem Schiefertisch stand ein großes Bukett frischer gelber Rosen. Sie rief: *Damian, was wird denn hier geschehen?* Noch bevor Ana ihre Reisetasche abgestellt hatte, kam er auf sie zugestürzt, umarmte sie und sagte: *Nichts Besonderes wird sein, Juan Lopez und seine Frau Hildegard werden uns heute Abend besuchen. Gestern war ich zur Eröffnung seiner Fotoausstellung im Kunstpalast. Die Begrüßung und die Freude über unser Wiedersehen nach langer Zeit waren so herzlich, dass ich die beiden spontan eingeladen habe. Ich hoffe, es macht dir nichts aus, wenn du dich jetzt von der Reise nicht erholen kannst. – Das ist doch Unsinn,* erwiderte Ana, *für mich ist Bad Waldborn keine Anstrengung mehr. Ich freue mich auf den Besuch, mit Juan und seiner Frau haben wir lange keinen Kontakt mehr gehabt.*

Juan, ein Fotograf aus Argentinien, bereiste seit Jahrzehnten die Welt und hatte viele berühmte Künstler und Literaten vor die Linse bekommen, wie beispielsweise Giacometti oder Borges. Er gab der zeitgenössischen Porträtfotografie neue Impulse.

Seiner außergewöhnlichen Sensibilität gelang es, in seinen Porträtaufnahmen den Kern der menschlichen Seele zu erfassen. Entscheidend für seine Bekanntheit waren aber seine künstlerischen Aktfotografien, die die Museen bereicherten. Es war auffallend, mit welcher außergewöhnlichen Herzlichkeit sich Damian und Juan mit ihren Ehefrauen begrüßten, wenn sie sich hin und wieder nach Jahren trafen. Das hatte seinen Grund in den absurden Ereignissen zu Beginn ihrer Freundschaft.

Damian, damals dreiundzwanzig Jahre alt, hatte sich mit Malerfreunden an einer Kunstpreisausschreibung für Aktmalerei beteiligt. Ihr Geld jedenfalls reichte nicht für die Bezahlung eines Aktmodells. Zum Glück war die Schwester eines Freundes, verheiratet und Mutter von zwei Kindern, so liebenswürdig, zwei-, dreimal die Woche zur Sitzung in Damians Atelier zu kommen. Eine gewisse Spannung zwischen den jungen Künstlern und ihrem Modell war nicht zu vermeiden, da der Ehemann sie bestimmt zur Rede stellte, wenn er erfuhr, dass seine geliebte Frau vor den Augen Fremder ihren nackten Körper zeigte. Damian war damals sehr überrascht, als ihm der Kunstpreis zugesprochen wurde.

Die Jury begründete ihre Entscheidung damit, dass es dem jungen Künstler besonders gut gelungen sei, die intimen erotischen Akzente eines weiblichen Körpers in Öl zu malen. Durch die Veröffentlichung des Bildes mit den Wertungskriterien der Jury in der *Allgemeinen Tageszeitung* fühlte sich die puritanische Nachkriegsgesellschaft provoziert. Jeder im Ort erkannte, dass die Unbekannte, die sich nackt an einen Sessel lehnte, Hildegard, die Frau des Telegrafenarbeiters Mattussek war. Besonders die Bürgermeistergattin empörte sich über die Liederlichkeit der Ehefrau und Mutter, die sich völlig unbekleidet anderen Menschen zeigte. Wer wusste schon, was da alles geschehen konnte! Vielleicht glaubte sie, dass

die Maler die Gelegenheit genutzt hätten, mit Hildegard ins Bett zu steigen.

Als Heiner Mattussek eines Tages zum Feierabend
nach Hause kam, legte er seiner Frau wortlos den Zei-
tungsausschnitt auf den Küchentisch. Ohne seinen
schwarz gefärbten Militärmantel auszuziehen war er
in den Keller hinuntergegangen und hatte sich auf
die Kartoffelkiste gesetzt. Er hielt den fieberheißen
Kopf in seine Hände gestützt, er wusste nicht, wie
er sich beruhigen sollte

Er fühlte sich elend, er wollte die Schamlosigkeit
seiner Frau nicht wahrhaben. Wirre Gedanken
schwirrten durch seinen Kopf. Plötzlich stand er auf
und öffnete den Schrank, in dem er das Gift zur
Unkrautvernichtung sicher aufbewahrte, nahm die
kleine braune Flasche mit der Pflanzenschutzessenz
und goss sich das Gift in den Hals – er war sofort
tot.

Seine Frau war entsetzt, dass er sich umgebracht
hatte. Sie empfand keine Traurigkeit, nur unbe-
zähmbare Wut über den Menschen, der aus Feigheit
vor dem Leben in den Tod gegangen war. Recht
bald hatte sie sich mit dem Schicksal abgefunden,
nur ihre Kinder hatten den Vater noch längere Zeit
vermisst. Im Laufe der nächsten Wochen zog sie mit
ihren Töchtern zu ihrer Mutter. Diese war stark genug und bereit, sich um die Kinder zu kümmern,
während Hildegard als junge Witwe ihr Studium
der Kunstgeschichte wieder aufnahm. Die Kunstwelt war wieder in das Zentrum ihrer Interessen ge-
rückt. Sie arbeitete viel, und mit Verbissenheit und

Selbstdisziplin bestand sie ihr Examen mit sehr gut. Jetzt konnte sie ehrgeizig einen ihrer Träume verwirklichen.

Für die damaligen konservativen Verhältnisse war es eine Sensation, als sie als Kuratorin einer Ausstellung über das Bild der Frau in der modernen Fotokunst für gehörige Aufregung sorgte. Immerhin war es ihr gelungen, die Museumsleute zu überzeugen, dass künstlerische Akt- und Erotikfotografien keine pornografischen Werke waren, die unterschwellig den Sexfimmel neugieriger Betrachter befriedigten.

Juan Lopez, den es wieder einmal nach Europa verschlagen hatte, fand die Ausstellung großartig, in der eine beachtliche Anzahl ästhetischer Aufnahmen gezeigt wurde. Er war einfach begeistert und gleichermaßen stark interessiert, die junge Frau kennen zu lernen, die diese Bildersammlung zusammengetragen hatte. Das musste eine besonders intelligente, außergewöhnliche Frau sein. Eigentlich war er nach seiner zweiten Ehescheidung gerade dabei, sich von Frauen fernzuhalten. Indessen hatte er keine Schuldgefühle, als er sie nach ihrer ersten Begegnung im Museumscafé spontan zu einem gemeinsamen Urlaub in die Schweiz einlud. Am Genfer See kamen sie überein zu heiraten. Bis auf den heutigen Tag waren Hildegard und Juan zusammengeblieben.

Zwei Wochen nach dem Besuch von Juan Lopez und seiner Frau Hildegard hatte Ana noch keinen Anruf aus Bad Waldborn erhalten. Sie wollte auch nicht darüber nachdenken. Es war unglaublich, wie viel Zeit man mit mehr oder weniger unnützen Dingen verbringen konnte. Ohne Einschränkungen waren ihre Tage so arbeitsreich wie ehedem. Schon am Morgen frisierte sie ihr Haar mit sehr viel Geduld. Sie war sehr stolz, dass sie mit ihren locker gesteckten Frisuren nicht allzu damenhaft aussah. Doch wenn sie sich das Weibsbild beim Frisieren im Spiegel näher ansah, war sie nicht ganz sicher, ob am Hals schon schlaffe Hautfalten erkennbar waren. Schlaffe Haut sah einfach schlimm aus.

Manchmal probierte sie morgens drei, vier Kostüme oder Kleider an, um sich dann wieder für eine ausdrucksvolle Tageskleidung zu entscheiden. Seit sie sich entschlossen hatte, nur noch ihr Privatleben zu führen, wollte sie keine fremden Leute mehr im Haus haben. Zunächst war ihr nicht bewusst, was es bedeutete, wenn kein Gärtner, kein Fensterputzer und keine Putzfrau mehr ins Haus kamen. Jetzt musste sie mit dem Chaos allein fertig werden.

Damian fand Anas Putzeifer unerträglich. Kein Tag verging, an dem sie nicht schon morgens begann, irgendein Zimmer auf den Kopf zu stellen. Kurz darauf überfiel ihn dann ein stundenlanges unerträgliches Staubsaugergeheule. Es gelang ihm nicht, ernsthaft zu arbeiten, obwohl er sich intensiv darum bemühte. Wenn Ana dann endlich ihr Großreinemachen beendet hatte, war nirgendwo im Haus ein Staubkorn zu entdecken. Besonders augenfällig waren die Vasen mit frischen Blumen in allen Zimmern des Erdgeschosses. Sie war mit dem Ergebnis ihrer Anstrengungen sehr zufrieden. Die Schufterei im Haus machte ihr sogar Spaß. Damian hatte das Herumnörgeln mittlerweile aufgegeben und seinen Ärger vergessen.

Nach ihrem letzten Sauberkeitsmarathon entschloss sich Ana, anderntags nach Bad Waldborn zu fahren. Ursprünglich hatte sie vorgehabt, das Wochenende mit Damian am Meer zu verbringen. Sie waren manchmal an die Küste gefahren, wenn sie sich mit läppischem Ärger beschäftigt hatten. Sie beobachteten dann schweigend das endlose Treiben der Wogen und Wolken, bis weit am Horizont im violetten Dunst die Sonne unterging.

Auf der Rückfahrt übernachteten sie stets in einem bescheidenen Hotel, das irgendwann einmal chic gewesen sein sollte. Ihr beiderseitiger Missmut war dann längst wieder verflogen. Sie hatten nie versucht herauszufinden, warum sie sich nicht ernsthaft stritten. Vermutlich lag es daran, dass sie in ihrer Gemeinsamkeit völlig offen zueinander waren. Außerdem erlaubte es ihre starke Verbindung, dass jeder von ihnen auch sein eigenes Leben lebte.

Ana wartete in dem großen Empfangsraum auf Dr. Corvus. Es war ihr seltsam vorgekommen, als eine Pflegerin ihr zunächst bedeutete, hier Platz zu nehmen, und sie verspürte leichte Unruhe. Plötzlich stand Dr. Corvus vor ihr, gab ihr die Hand und sagte: *Gut, dass Sie gekommen sind, Frau Pretorius, ich habe keine gute Nachricht. Ihre Mutter hatte gestern Abend einen leichten Herzanfall. Nach einer Injektion haben wir sie vorsichtshalber in die Pflegeabteilung verlegen müssen. Heute Morgen hat sie eine dringende Behandlung im Krankenhaus energisch abgelehnt und nach dem Pfarrer verlangt. Als Arzt habe ich ihre Entscheidung zu akzeptieren. Sie hat ein starkes persönliches Vertrauen zu mir, das ich nicht gefährden darf.*

Ana hatte nicht erwartet, dass sich der Gesundheitszustand ihrer Mutter plötzlich verschlechtern würde. Während ihres letzten Besuches bei ihr hatte sie sich noch überraschend lebhaft verhalten. *Lieber Gott, lass sie bitte leben*, schoss es Ana durch den Kopf. Betrübt sah sie Dr. Corvus an. Sein langes, schmales Gesicht war sehr ernst. Sie fragte ihn, was er tun könne. *Kann ihr im Krankenhaus geholfen werden?*

Dr. Corvus erwiderte: *Man kann heutzutage einiges tun, doch wie mir scheint, will Ihre Mutter ihr Sterbestündlein nicht verschieben. Ihr schwaches Herz ist durch eine Vireninfektion total überfordert, eine Einweisung in die Klinik lehnt sie strikt ab. Wie sie selbst sagt, will sie den aufwendigen Krimskrams mit den medizinischen Apparaten nicht noch einmal mitmachen müssen, nur um noch ein paar Tage Leben herauszuschinden.*

Wir können den Tod nicht ewig bekämpfen. Der menschliche Organismus ist keine Maschine, die sich beliebig reparieren lässt. Wenn wir im Alter gebrechlich werden, sollten wir das hinnehmen und ein Verhältnis zum Sterben finden. Ich bewundere Ihre Mutter, die sich nicht mehr ängstlich an das Leben klammert. Ich denke, was sie erwartet, sind Nähe und Zuneigung ihrer Tochter.

Dr. Corvus rief eine junge Frau, die Ana zu ihrer Mutter führte. Das Zimmer war ein außergewöhnlich freundlich wirkender Raum, von dem man nicht erwartet hätte, dass in ihm jemand zum Sterben lag. Die Krankenschwester neben dem Bett hatte ein pinkfarbenes Sommerkleid an. Als Ana hereinkam, stand sie auf, um das Zimmer zu verlassen, sie fand ihre Anwesenheit jetzt unangebracht.

Anas Mutter lag ganz ruhig auf dem Bett, in ihrem Gesicht waren keinerlei Spuren von Leid zu entdecken. Ihre linke Hand lag leicht zitternd auf der Decke über ihrer Brust, den rechten Arm hielt sie ausgestreckt neben sich. Ana setzte sich auf die Bettkante und ergriff die Hand ihrer Mutter, die Hand, die ihr so viel bedeutete. Die Mutter war ihr nah wie in den Kindertagen, als sie der wärmende Druck ihrer Hände täglich begleitete. Ana beugte sich ganz nah zu ihrer Mutter, als die ihre wässrigen Augen öffnete und ihre schmalen Lippen flüsterten: *Wie lange dauert das Sterben? Danke, dass du bei mir bist.*

Ana empfand ein großes Gefühl von Dankbarkeit, dass sie in diesem Augenblick mit ihrer Mutter allein sein durfte. Sie dachte an die Tage im Krankenhaus, als ihre Mutter in tiefer Gefasstheit davon gesprochen hatte, dass ihre Zeit zu Ende ging.

Unerwartet wurde die Tür aufgerissen, und eine kleine, sehr energische Frau kam ins Zimmer. Sie hielt Ana einen schwarzumrandeten Gebetszettel vor das Gesicht, stellte sich entschlossen an das Bett der Sterbenden und begann mit lauter, monotoner Stimme zu beten.

Ana war entsetzt. Warum musste sich diese lästige unheimliche Beterin plötzlich in die letzten Lebensminuten ihrer Mutter hineindrängen? Sie stahl Ana den stillen, würdigen Abschied von ihrer Mutter! Durch das laute Beten aufmerksam geworden, kam die Schwester wieder herein und blickte Ana betreten an. Dann packte sie die kleine Frau am Arm und zog sie aus dem Zimmer. Ana war die Situation höchst unangenehm. Sie sah in das starre Gesicht ihrer Mutter. Sie war gestorben. Eine leichte Traurigkeit kam in Ana auf.

Damit sich ihre Tochter nicht eines Tages Hals über Kopf mit ihrem Todesfall und allem Drum und Dran befassen musste, hatte Anas Mutter die Angelegenheiten ihrer Beerdigung schon in den Jahren geregelt, als sie sich von ihrem Tod noch weit entfernt wähnte. Sie wollte auf dem Altstadtfriedhof in der Kreisstadt beerdigt werden. Obwohl sie keine religiöse Frau war, hatte sie den Pfarrer überreden

können, ihr eine Grabstätte in der Nähe der Friedhofskapelle zuzusichern.

An dem sonnigen Beerdigungsmorgen waren die Flügeltüren der Friedhofskapelle weit geöffnet. Drinnen zog Herr Vogel noch einmal die Kranzschleifen vor dem Sarg zurecht. Draußen standen nur wenige Menschen, ältere Leute, vermutlich aus der Nachbarschaft. Aus der Verwandtschaft von Anas Mutter war niemand erschienen, man hatte lange nichts mehr voneinander gehört und sich zuletzt gesehen, als die Großmutter zu Grabe getragen wurde. Vielleicht gab es noch Onkel und Tanten, aber Ana hatte nicht gewusst, bei wem sie sich nach ihnen hätte erkundigen können. Onkel Karl hatte ihrer Mutter einst Kartengrüße aus Finnland geschickt, und Tante Jutta, die nie verheiratet gewesen war, wohnte zuletzt in einem Schwesternheim in Holland, aber vermutlich lebte von ihnen keiner mehr.

Als Ana mit Damian und ihren beiden Söhnen die Kapelle betrat, tuschelten die Frauen mit den neugierigen Gesichtern eifrig. Von irgendwo ertönte eine Orgel. Dann sprach der Pfarrer ein kurzes Gebet und sagte etwas darüber, dass es Gott gefallen habe, *unsere* Schwester zu sich zu rufen.

Nachdem der Pfarrer zur Seite getreten war, kamen sechs Männer, die wie auf einen stillen Befehl ihre schwarzen Hüte aufsetzten. Sie trugen den Sarg, von der kleinen Trauergemeinde gefolgt, zur nahen Grabstätte. Nachdem Ana sich am Grab von ihrer Mutter verabschiedet hatte, erkannte sie unter den wenigen Leuten etwas verdeckt Dr. Corvus. Jetzt kamen die Frauen und Männer einzeln auf sie zu und bekundeten ihr mit tröstenden Worten und zaghaftem Händedruck ihr Mitgefühl. Als einer der Trauergäste sich rühmte, er sei einer der besten Freunde ihrer Mutter gewesen, die er als Bahnhofsvorsteher gerne beraten habe, hörte Ana kaum noch zu. Sie dachte nur an den Mann, der nur einige Schritte abseits von ihr stand.

Endlich war das Zeremoniell vorüber. Ihre Familie war schon zum Friedhofstor gegangen und wartete wie abgesprochen auf dem Parkplatz. Jetzt konnte sich Ana Dr. Corvus zuwenden, doch worüber sollte sie mit ihm reden? Keinesfalls über die Tote, denn alles war bereits geregelt. Hatte er ihre Absprache für die Fahrt zum Mühlenhof vielleicht vergessen? Diese Gedanken dämpften ihre Freude, als er auf sie zukam. Dr. Corvus umarmte Ana mit einer freundlichen Geste und sagte mit sicherer Stimme: *Wir sehen uns bald.*

Drei Wochen nach der Beerdigung ihrer Mutter fuhr Ana mit Dr. Corvus zum Mühlenhof. Er hatte sie mit seinem Audi am Schlosshotel abgeholt. Als sie einstieg, spürte sie eine eigentümliche, aufregende Wärme in ihrem Körper. Während der Fahrt über Landstraßen – sie fuhren nicht allzu schnell – erzählte Dr. Corvus mit Begeisterung, dass es mit der neuen Klinik endlich vorangehe. Die Baugenehmigung sei da, die Kräne und Baufahrzeuge würden bald anrollen. Aber bis zur Fertigstellung würden noch unzählige Fragen zu klären sein, so dass eine riesige Menge Arbeit auf ihn zukomme. Ununterbrochen erklärte er ihr irgendetwas, über hunderte von Einzelheiten, die er als Bauherr und insbesondere als Facharzt zu berücksichtigen habe. Bald schon konnte sich Ana nicht mehr auf das Zuhören konzentrieren. Sie beobachtete aufmerksam die vorbeiziehende Natur. Bald mussten sie den Mühlenhof erreicht haben.

Kein Zweifel, als sie hinter dem Dorf von der Hauptstraße abbogen, kam ihr die Landschaft mit einem Mal bekannt vor – wann hatte sie die Gegend zum letzten Mal gesehen? Kurze Zeit später hatten sie die Einfahrt zur Mühle erreicht. Ana sprang vom Beifahrersitz und zerrte Dr. Corvus freudig aus dem Wagen.

Ana ließ seine Hand nicht los. Dr. Corvus musste ihr folgen, als sie auf das große Wohngebäude mit der graurotes Sandsteinfassade zusteuerte. Gedankenversunken blieb sie auf dem Wirtschaftshof stehen. Der Kindertraum vom Erntedankwagen stieg in der Erinnerung auf.

Als kleines Mädchen hatte Ana den Wunsch, einmal auf dem mit bunten Bändern und Kränzen geschmückten, hoch beladenen Wagen zu sitzen. Während unter den kritischen Augen der Großmutter die Leute den Erntewagen vorbereiteten, hatte niemand Anas Verschwinden bemerkt. Sie war am Mühlenbach entlanggelaufen, wo am Rande der Wiesen hinter Schwarzerlen versteckt der Großvater seine Sauna hatte. Im Schatten des Häuschens hockte der rotbraune Mühlenkater. Bevor Ana ihn streicheln konnte, war er entwichen. Sie rief laut nach ihrem

Großvater, aber nichts regte sich, überall lauerte die Stille. Ihre Augen wurden feucht, doch bevor die Tränen über ihre Bäckchen kullerten, lief sie zur Mühle zurück. Sie achtete nicht mehr auf den Bach, der an dem schmalen Wiesenpfad vorbeifloss. Plötzlich rutschte sie über glitschiges Ufergewächs ins Wasser. Der Großvater kam auf der anderen Seite des Baches, wo er nach dem Regen angeschwemmte Zweige und Gestrüpp aus dem Wasser gezogen hatte.

Sofort hatte er das vor Angst schreiende Kind bemerkt und mit seinen kräftigen Händen aus dem Wasser gezogen. Mit weiten Schritten eilte er, das weinende, triefende Geschöpf auf den Armen, zurück zum Hof. Eiligst wurde sie von der Großmutter ausgezogen. In der Waschküche ließ sie warmes Wasser über den kleinen, zitternden Körper laufen. Dann packte sie das Kind zum Trocknen und Aufwärmen in eine dicke Schafwolldecke. Die Großmutter fragte sich, was sie der Kleinen nun anziehen könne. Schließlich fand sie eines der wenigen noch vorhandenen Mädchenkleider ihrer jüngsten Tochter. Ana wusste nicht, ob sie weinen oder lachen sollte, als sie in dem viel zu großen bunten, transparenten Flatterkleid über den Hof stolperte. Die Hühner rannten erschrocken gackernd zur Seite.

Die Pferde waren schon angespannt und scharrten ungeduldig mit den Hufen. Während die Mägde Ana auf den Erntewagen hochzogen, hatte sie peinliche Angst, dass ihr nackter Popo zum Vorschein käme. Während des Umzuges durch das Dorf war sie immer wieder besorgt, die Leute könnten erkennen, dass sie kein Höschen anhatte. Zum Trost über den turbulenten Tag hatte sie am Abend von ihrer Großmutter ein extra großes Stück Zuckerkuchen bekommen.

Während Ana noch in der Welt ihrer Kindheit versunken war, sprach Dr. Corvus einen älteren Mann im grauen Leinenanzug an und fragte ihn, ob die Mühle noch in Betrieb sei. Es war der Mühlenbesitzer, er war durch das Hundegebell aufmerksam geworden und herbeigekommen.

Der Müller, der sonst nicht viele Worte machte, erklärte ausführlich, wie er sich den tiefgreifenden Veränderungen in der Landwirtschaft rechtzeitig angepasst habe. *Heute wird hier nur noch ökologisch angebautes Getreide vermahlen. Die naturreinen Produkte werden direkt an Ökobäckereien geliefert. Viele Leute aus der Stadt nutzen am Wochenende die Gelegenheit, ihr Mehl direkt in der Mühle zu kaufen.*

Ana suchte, während sie den Worten des Müllers zuhörte, etwas von den Neuerungen auf dem Hof. Äußerlich hatte es den Anschein, dass das Anwesen seit ihrer Kindheit unverändert geblieben war. Der Müller war sicher ein netter Mann, aber sie wollte ihm keine weiteren Fragen stellen. Sie bat Dr. Corvus, mit ihr zum Bach hinter der Mühle zu gehen, vielleicht hatte auch das kleine Saunahäuschen die Zeiten überstanden. Als sie an der Mühle vorbei zu den Wiesen gehen wollten, war Ana leicht verwirrt. Was ihre Augen dort erblickten, war nicht der große Obst- und Gemüsegarten von einst mit den leuchtenden Sonnenblumen am Zaun.

Der ehemals so prächtige Garten war unter festgewalztem Schotter zum Parkplatz geworden. Die Bachwiesen waren verwildert, überall wucherten Büsche und Röhricht. Es dauerte eine ganze Weile, bis sie den Ort erreichten, wo wie damals am Ufer des Baches immer noch die Schwarzerlen standen. Von einem Saunahäuschen aber war nichts zu entdecken. Ein Bild aus ihrer Kindheit war verschwunden.

Ana merkte, dass Dr. Corvus sie fragend ansah, und sagte: *Ich bin ein bisschen überrascht, dass die Sauna nicht mehr da ist. Zumindest hatte ich erwartet, noch Mauern von dem Häuschen vorzufinden. Trotzdem, ich hätte nicht geglaubt, dass es mir so viel Freude macht, einen Ort meiner Kindheit noch einmal zu sehen. Es mag etwa fünfundvierzig Jahre her sein, seit ich das letzte Mal hier war.*

Dr. Corvus sagte: *Natürlich sind viele Wurzeln der Erinnerung nicht mehr vorhanden. Land und Leute haben sich verändert, und uns fehlt die angemessene Zeit, darüber nachzudenken.* Ana schwieg einen Augenblick. *Zuerst einmal müssen wir wieder aus dieser Graswildnis herausfinden*, sagte sie. *Dann haben wir Zeit, über Veränderungen nachzudenken*, fügte sie schmunzelnd hinzu.

Dann nichts wie raus hier, rief Dr. Corvus lachend und folgte Ana den Hang hinauf, hinter dem die Landstraße zum Hof liegen musste.

Dort, wo sie die Straße erreichten, stand eine Bank aus starken Eichenbohlen – gestiftet von der Kreissparkasse, belegte ein kleines Messingschild an der Rückenlehne. *Der Bank sei Dank*, sagte Dr. Corvus, *setzen wir uns.* Von hier aus konnten sie die weiträumige Bachlandschaft mit der alten Mühle überblicken. In der Ferne leuchteten die gelben

Stoppelfelder des Spätsommers. In der Stille des Tages saßen sie schweigend nebeneinander. Die Nähe dieser Frau spüren zu wollen war ein eigentümlicher Wunsch von ihm. Er kam nicht auf den Gedanken, dass sie ein ungleiches Paar waren, obwohl er Anfang vierzig und sie eine Generation älter war. Es war eine Zuneigung, aus der kein Seelendrama entstehen konnte. Er war aus dem Kreis der Arbeit und der Familie, der ihn gefangen hielt, ausgebrochen, es war eine Gratwanderung der Gefühle. Was sollte er der Frau sagen, die ihn erotisch so faszinierte?

Seine Gedanken formulierten seine Wünsche: *Ich danke Ihnen, Frau Pretorius, für Ihre Nähe. Ich glaube nicht, dass uns die Liebe zusammengeführt hat. Wenn wir uns aus dem Alltag losreißen, sind wir ja nicht plötzlich geschlechtslos. Vielleicht könnten wir glücklich sein, wenn wir uns aus den Fesseln der Moral befreien.*

Neugierig registrierte Ana das nachdenkliche Gesicht von Dr. Corvus, sie ahnte, nein, sie wünschte sich seine Gedanken dahinter.

Sie überlegte einen Augenblick und sagte dann: *Nehmen Sie es mir bitte nicht krumm, ich möchte Ihnen gerne einen Vorschlag machen: Frau Pretorius hat bisher nur den erfolgreichen Arzt Dr. Corvus, Besitzer von Haus Sophienburg und Kapazität für moderne Altenpflege, kennen gelernt. Ein Mann, der beruflich alles erreicht, was er will, aber ein Mann, dessen Ehe seit Jahren nur noch aus Kameraderie und Kinderhort besteht. Ich denke, warum sollte die Ana nicht den liebenden Axel kennen lernen?* Während sie mit sanften Fingern seinen Mund berührte, ergänzte sie: *Wir hatten beide das Verlangen, uns wiederzusehen.*

Seltsamerweise empfand er plötzlich eine lange vermisste Erregung – vielleicht lag darin der eigenartige Reiz dieser Frau. Es schien ihm sonderbar, wie sie seine Gedanken hatte erahnen können. Jetzt, jetzt wollte er mit ihr zusammen in Nacktheit auf dem Bett liegen und das Feuer ihrer Körper spüren.

Sie standen auf und hielten sich in der Helle des Tages eng umarmt. Er sagte: *Ich finde deinen Vorschlag famos, das Du gibt uns das Gefühl der Freiheit.* Und er drückte sie so fest an sich, dass ihr beinahe die Luft wegblieb.

Er dachte im Augenblick nicht daran, sie loszulassen, er hielt ihren Körper umklammert, als habe er Angst, sie könne ihm entgleiten. Er wollte mit ihr das Glück dieses Tages ausleben. Schattenlos standen sie im Sonnenlicht vor der Bank, er schwitzte, sein Oberhemd wurde nass. Als ein kleiner gelber Postwagen auf dem staubigen Feldweg vorbeifuhr, spürte er ihren Widerstand. Mit einem kräftigen Stoß befreite sie sich aus seiner Umarmung und sagte: *Wenn wir hier noch lange unter freiem Himmel bleiben, werden wir wahrscheinlich ein öffentliches Ärgernis hervorrufen.* Axel lachte. *Natürlich nicht, so unvorsichtig sollten wir nicht sein. Ich schlage vor, wir suchen eine Autobahnraststätte mit Motel, wenn du einverstanden bist.* Ana nickte. Es gehörte zu ihrem Wesen, dass sie sich unvermittelt für eine Liebesepisode entscheiden konnte.

Nach einer Fahrt von mehr als einer Stunde, in der sie wortlos nebeneinander gesessen hatten, erreichten sie auf einer verkehrsreichen Autobahn die Raststätte Weidental. Das Motel lag am Ende eines Parkplatzes hinter dem weitläufigen zweistöckigen Restaurant. Axel ging zur Rezeption und holte den Zimmerschlüssel. Es war drückend warm, und er fragte, ob sie etwas trinken sollten. Natürlich hatte Ana Durst. Am Stehausschank des Restaurants bestellten sie zwei große Weizenbier.

Während Ana das kalte Bier sehr langsam trank, bemerkte sie seine Ungeduld. Schließlich flüsterte er ihr etwas zu, worauf sie in ihre Unterkunft verschwanden.

Ana entkleidete sich sofort und duschte. Axel hörte das Wasserplätschern und zögerte mit dem Auskleiden. Durch die Fenstervorhänge fiel milchiges Licht in den Raum und verbreitete eine kühle Atmosphäre. Das Zimmer war dürftig ausgestattet: Zwischen zwei weißen Ablageflächen stand ein hellblau bezogenes Doppelbett, rechts neben dem Fenster befand sich ein kleiner Tisch mit einem Hocker. Mit diesem Etablissement konnte er sich nicht rühmen. Hier würde er das erste Mal mit einer anderen Frau schlafen, mit einer anderen Frau seit seiner Ehe mit Marion. Das musste sein Geheimnis bleiben. Er kannte Ana noch nicht lange, aber er hatte grenzenloses Vertrauen zu ihr. Gedanken überfielen ihn, denn in seiner Phantasie hatte er schon oft versucht, die Bande seiner Ehe zu zerreißen.

Er spürte die Kraft zwischen seinen Beinen und vergaß alles. Er zog sich in Eile aus, Hemd und Hose fielen zu Boden. Als Ana aus dem Bad kam, stand er nackt vor dem hellen Fenstervorhang, in der Silhouette nahm sie sein großes, hochstehendes Glied wahr. Axel wandte sich Ana zu und drückte sie sanft aufs Bett.

Er kniete sich neben sie und streichelte ihre Brüste und ihren Bauch. Die Haut war glatt und sonnenbraun. Ihre Nacktheit steigerte seine Wollust. Sie griff nach seiner Stirn, er hob den Kopf. *Bleib so*, flüsterte sie, *ich will dich anschauen.* Er hielt seine Augen geschlossen. *Ich mag das beharrliche Streicheln deiner Hände auf meiner Haut*, sagte sie, *ich will dich ganz.*

Ana konnte sich nicht mehr zurückhalten, sie hielt ihn umklammert, Axel hörte ihr leidenschaftliches *Komm!*. Er legte sich über sie und glitt behutsam in sie hinein, ihre Gesichter berührten sich, und sie drückten ihre Lippen aufeinander, ihr Körper bäumte sich auf, er spürte ihr Verlangen und was sie wollte, er hielt Ana fest in seinen Armen und drehte sich mit ihr schwungvoll, ohne sich aus ihr zu lösen, auf seinen Rücken. Axel war überrascht, als sie im zarten Rhythmus ihren Leib bewegte, seine Erregung steigerte sich, während ihre Ausdauer endlos schien. Ana betrachtete die Lust in seinen Augen, sein sinnliches Gesicht löste immer stärkere Reize in ihr aus. Axel zog sie zu sich heran, und sie liebten sich mit der Kraft ihrer Sinne, mal stürmisch, mal sanft, bis sie erschöpft ihre sexuelle Erfüllung verspürten.

Ana wollte nicht glauben, dass schon Monate vergangen waren, seit sich ihre Lebensumstände verändert hatten. Es war ein wohliges Gefühl, sich nicht mehr um Geschäfte plagen zu müssen. Das war ein ganz anderes Leben – gelinde gesagt –, absolut stressfrei, abgesehen vom Lebensende ihrer Mutter. Obwohl sie mittlerweile stundenweise für Damian als Sekretärin arbeitete, war Ana überwiegend im Haus und im Garten beschäftigt. Die Blumenpflege wurde bald zu einer Leidenschaft. Seitdem der Gärtner nicht mehr gekommen war, wucherte überall das Unkraut und verdeckte mit seinem stumpfen Grün das farbige Licht der Blüten. Das war offensichtlich ein Zeichen, dass Pflege dringend nötig war. Für Ana war es ein mühsamer Beginn, sie musste sich erst zwischen den verschiedenen Gräserarten und Blumenstauden zurechtfinden, bis alles wieder üppig erblühte.

Heute Nachmittag war Ana in die Stadt gefahren, um für Damian einige Dinge zu erledigen. Anschließend machte sie einen Bummel über die elegante Einkaufsmeile. Sie vermied dabei, an Trude Barlogs Boutique vorbeizukommen, und verließ bald das chaotische Einkaufsgedränge. Auf der ruhigeren Kastanienallee trank sie in einem Café einen Aperitif. Leider fühlte sie sich von einer Gruppe laut redender, dicker, kahlköpfiger Männer gestört. Sie kehrte zu ihrem Wagen zurück und fuhr nach Hause.

Jetzt saß Ana zu Hause im Garten und bewunderte die Ruhe, die von den Hunden ausging, wie sie friedlich im Gras lagen und schliefen. Sie hätte jetzt gerne hier mit Damian ein Glas Rotwein getrunken, aber in letzter Zeit war er bis spätabends im Atelier. Es war schon hart, mit einem Mann verheiratet zu sein, der vor ein, zwei Uhr nachts nicht von seiner Arbeit loskam. Er sprach auch nicht über seine Malerei, wie es sonst seine Art war, wenn er sich in einer selbstkritischen Phase befand und seine Bilder immer wieder und wieder übermalte und veränderte. Sein Verhalten war ungewöhnlich, doch Ana fragte ihn nicht nach den Gründen. Sollte er sich vielleicht über ihren Seitensprung besorgt fühlen?

Ihr gut gelauntes Verhalten nach ihrer Rückkehr von Haus Sophienburg hatte Damian neugierig gemacht. Er hatte sie gefragt: *Du siehst so fröhlich beschwingt aus. Hast du mit ihm geschlafen?*

Ja, war ihre Antwort. *Ich verspürte den Wunsch, mit dem Mann ins Bett zu gehen, der zwanzig Jahre jünger ist.* Ana hatte keinerlei Schuldgefühle. In ihrer Jugend hatten ja beide geschworen, keine Geheimnisse voreinander zu haben.

Im Verlauf ihrer Ehe hatte es nie Schwierigkeiten gegeben, wenn sie ihre Sinneslust gelegentlich mit anderen Geliebten erfüllten. Die gegenseitige Offenheit hatte gewissermaßen den Stachel der Eifersucht getötet.

Es war bereits Abend, und der Westwind wehte kühl über die Terrasse. Ana war ins Haus gegangen, saß an ihrem Schreibtisch und versuchte Musil zu lesen. Von Damian war nichts zu sehen und zu hören. Offenbar hatte ihn wieder seine Kreativität überwältigt, so dass sie den Abend allein beenden musste. In den Jahren ihrer Ehe hatten sie immer einen Anlass gefunden, sich trotz ihrer Arbeits- und Geschäftsverpflichtungen die Zeit zu nehmen, abends bei einem Glas Wein ihre Gefühle und Gedanken miteinander auszutauschen. Ana hörte auch gerne nur zu, wenn Damian redete, er sprach viel über die Welt der Kunst und seine Malerei.

Sollte Damian heute Abend wieder nicht aus seinem Atelier hervorkommen? Ana glaubte jetzt nachsehen zu müssen, welche Gründe er für seine Geheimnistuerei hatte. Als sie die Tür zu seinem Atelier öffnete, sah er sie verblüfft an. Der große Raum glich einer Lagerhalle, in dem Bilder zum Versand bereitgestellt waren.

Es wäre Damian lieber gewesen, wenn Ana ihn nicht gestört hätte. *Ich dachte, du malst*, sagte sie, *stattdessen kramst du in Dutzenden deiner Bilder rum. Ich weiß nicht, ob das erforderlich ist, und dazu noch dieser Geheimhaltungstick*. Mit hochgezogenen Augenbrauen erwiderte er: *Keine Sorge, das Chaos kommt schon wieder in Ordnung, aber ich muss noch die halb fertigen und vollendeten Arbeiten sortieren. Das wird nicht mehr lange dauern. Ich hätte in der nächsten halben Stunde sowieso mit dir gesprochen. Die Galerie Köseler möchte möglichst sofort einige Bilder übernehmen*.

Der Galerist, ein Kunsthändler, der größtenteils Damians Aktbilder verkaufte, war seit Jahren maßgeblich an Damians Erfolgen beteiligt. Manchmal hatte es Schwierigkeiten zwischen ihnen gegeben, wenn Damian ihm die Wünsche seiner Kunden nicht erfüllen wollte. Köseler reagierte verständnislos und verzweifelt, besonders wenn es Aktbilder von Ana waren, die Damian nicht abgeben wollte. Der erotische Charakter und die rein sinnliche Präsenz der Frau waren die Stärke seiner Aktmalerei. Und dafür war Ana die Quelle seiner Inspirationen geblieben. Er hatte sie immer wieder gemalt und behauptete, sie sei der innerste Antrieb seines Schaffens.

Damian hatte zuletzt im Frühjahr zwei Halbakte von Ana gemalt, die er in jeweils drei bis vier Stunden mit souveränen Pinselstrichen hingehauen hatte. Der besondere ästhetische Reiz dieser Bilder lag in der Haltung des Körpers im Wechsel des Lichts, während die Gesichtszüge etwas strenger geworden waren. Es war das erste Mal, dass Damian sich zögerlich verhielt und mit Ana den Verkauf der Aktbilder besprechen wollte. Er hatte die beiden Gemälde an eine Staffelei gelehnt und sagte: *Ich zweifle schon mehrere Tage, ob ich diese Arbeiten abgeben soll. Ich bin drauf und dran, sie zu behalten. Andererseits frage ich mich, was ich für ein Künstler bin, wenn ich nicht mehr in der Lage bin, mich von meinen Werken zu trennen.*

Es sind zwei besonders starke Aktbildnisse, sagte Ana, *die mir sehr gefallen. Du solltest dich überwinden, wenigstens eins der Bilder abgeben und es dir gut bezahlen lassen, zumal die Preise bei Köseler keine Rolle spielen.* Sie überlegte einen Augenblick und fügte hinzu: *Das andere Bild würde ich gern in mein Arbeitszimmer hängen.*

Damian war froh über Anas Vorschlag. Ungestüm ergriff er ihren Arm und sagte: *Komm, wir trinken noch etwas.*

Im Terrassenzimmer füllte Damian zwei Rotweingläser mit Bordeaux. Ana hatte sich auf der Couch niedergelassen und betrachtete Damian. Seine Körperhaltung war noch aufrecht und gelenkig, sein kurz geschnittenes volles Haar war ordentlich zu einem Scheitel gekämmt. Soweit sie sich erinnern konnte, war es immer schon ergraut, aber in den letzten Jahren heller geworden. Er reichte ihr ein Glas, setzte sich neben sie und sagte: *Ich spüre irgendwie, dass wir beide zusammen etwas unternehmen müssen. Wir sollten auf gut Glück irgendwohin fahren. Ich schlage vor, wir machen eine kurze Reise zur Biennale nach Lyon.*

Gut, sagte Ana, *auch ich habe Lust, mit dir ein paar Ferientage zu verbringen. Aber lass uns erst mal darüber diskutieren, wieso bei dir die meisten deiner Bilder aus den letzten Jahren im Atelier herumstehen, während andere Künstler ihre Werke permanent verkaufen.* Aus seinem Blick schloss Ana, dass Damian leicht verwundert war, als er ihr entgegnete: *Meine Bilder sind in keine der Strömungen einzuordnen, ich male aggressiv gegen alle Trends. Die Ausstellungsmacher zeigen nur, was zeitgemäß und modern ist. Heute wird auch viel Mumpitz als Kunst vermarktet.*

Du kannst sagen, was du willst, Menschen, die mit deinen Bildern was anfangen können, kaufen nach wie vor, erwiderte Ana. *Ich kann es einfach nicht glauben, dass es so wenig Leute geben soll, die sich für deine*

Malerei interessieren. Ich bin schon lange wütend darüber, dass du dich mit deiner Kunst versteckst. Für mich ist die Sache nicht erledigt, ich werde jetzt Ausstellungen organisieren und damit auch Erfolg haben. Mir hat noch nie einer gesagt, dass ich keine gute Geschäftsfrau bin.

Damian war aufgestanden. Aufgeregt antwortete er: *Du hast einen gefährlichen Optimismus, der große Unruhe erzeugen wird. Um mich erfolgreich ins Rampenlicht zerren zu lassen, sollte ich vielleicht Frauen mit einem fetten Arsch malen. Aber nein, ich werde nie von einer bestimmten Harmonie der weiblichen Anmut abrücken.*

Ana blieb ruhig und gelassen und sagte: *Warum so explosiv? Wir reden doch eher ruhig miteinander. Der bloße Umstand, dass du malst, hat unser Leben nicht interessant gemacht, sondern erst das gemeinsame Debattieren über die Welt der Kunst hat unserem Leben einen gewissen Sinn gegeben. Es gibt kein Gesetz, die Zeit anzuhalten. Wir sind älter geworden, und unsere Zeit schleicht nicht mehr dahin, aber du wirst immer selbstzufriedener. In deinen Werken gibt es keinen Widerspruch zur Gegenwart. Ich finde, dir fehlt ein Konzept, den Menschen deine Kunst begreiflich zu machen. Ich möchte, dass sich das ziemlich bald ändert. Oder hoffst du darauf, dass vielleicht in fünfzig Jahren jemand kommen wird, der deine Malerei in einer großen Schau herausstellt und dich postum berühmt macht?*

Als sich Damian wieder neben Ana gesetzt hatte, entgegnete er: *Vielleicht ist es nicht richtig gewesen, dass mich bisher mein allzu großes Misstrauen aus* der publikumsgeilen Kulturmaschinerie rausgehalten hat. Das kommt wohl daher, dass einige gute Sammler meine Bilder in den Galerien entdeckt hatten. Es gibt natürlich Möglichkeiten, mit kompetenten Museumsleuten eine große Ausstellung zu machen. Ehrlich gesagt bin ich mit deinem Vorschlag einverstanden. Du wirst dich bestimmt nicht langweilen, wenn du dich mit Ausstellungsmachen beschäftigst. Das Wichtigste ist, dass wir beide jetzt gemeinsam daran arbeiten. Es gibt noch viele Dinge zu klären.

An diesem Abend beendeten Ana und Damian ihre Diskussion erst weit nach Mitternacht. Allzu angespannt war ihre Auseinandersetzung über die Ausstellungen nicht gewesen. Anschließend hatten sie noch über Sexualität gesprochen; dass das Verlangen danach natürlich war und dass sich heute niemand mehr gegen selbsternannte Moralisten auflehnen musste. Dabei kamen noch einmal Erinnerungen auf. Es war ihnen nie als Betrug vorgekommen, wenn sie mit anderen geschlafen hatten, denn sie wussten, dass sich ihr eigener Sex miteinander auf Liebe gründete. Diese ursprüngliche Liebe hatte sie den größten Teil ihres Lebens begleitet. Sie hatten nie Angst gehabt, dass sie daraus abstürzen könnten, im Gegenteil, manchmal hatten sie sich ihre Erfahrung über ein sexuelles Zwischenspiel mitgeteilt. Sie waren nie eifersüchtig, warum sollten sie nicht darüber sprechen? Sie hofften beide, auch dann noch Lust aufeinander zu haben, wenn sie mit zunehmendem Alter ihre Körper keinem anderen mehr zumuten konnten.

Obwohl das Wetter trostlos und grau war, fuhren Ana und Damian am nächsten Tag in guter Stimmung nach Lyon. Es gefiel ihnen, ein paar Tage woanders zu verbringen. Sie bummelten durch die historische Altstadt und besuchten Museen. Dabei fand das historische Stoffmuseum Anas besonderes Interesse. Nach ihren anstrengenden Tagespilgerzügen nahmen sie sich zum Abendessen viel Zeit, bis sie sich beinahe fröhlich wie ein Liebespaar in ihr Hotelzimmer zurückzogen.

Am letzten Tag ihres Urlaubs waren sie zu einem Atelierfest bei einem befreundeten französischen Maler eingeladen. Damian hatte schon lange daran gedacht, ihn einmal wiederzusehen. Sie hatten sich aus den Augen verloren, als der Franzose damals aus seiner dritten Ehe nach Südamerika ausgerissen war. Frau und Kinder hatte er in seinem Landhaus in der Bretagne zurückgelassen, weil er glaubte, als Künstler ein unabhängiges Leben führen zu müssen. Als sie das Atelier durch das schmiedeeiserne Tor des Nebeneingangs betraten, wurden sie vom Geraune der Gäste empfangen. Sie standen in kleinen Gruppen neben einer Tischreihe, die mit Getränken und Essbarem beladen war.

Der Gastgeber des Abends, der Maler Bertrand, war mittlerweile ein bedeutender Künstler geworden. Er kam auf Ana und Damian zu und zeigte sich sehr erfreut, dass sie gekommen waren. Er wurde aber gleich wieder von Galeristen und Fotografen in Beschlag genommen. Ana und Damian wurde ziemlich schnell klar, dass es heute unmöglich war, mit Bertrand ein längeres Gespräch zu führen. Andererseits war eine Reihe Leute anwesend, mit denen sie diskutieren konnten. Es kamen noch viele neue Gäste. Nicht wenige Männer im Seniorenalter mit gewissem Einkommen waren in Begleitung junger, auf sexy gestylter Gefährtinnen. Vielleicht wollten sie beweisen, dass sie es noch konnten, oder versuchen, andere Männer vor Neid in Wallung zu bringen. Ana glaubte nicht, dass ältere Frauen ein besonderes Vergnügen darin fanden, mit jugendlichen Liebhabern in der Gesellschaft zu protzen. Möglicherweise war das patriarchalische Gehabe der Männerwelt nicht totzubekommen.

Bald hatte sich eine Gruppe der jungen Gefährtinnen zusammengefunden, die bemüht waren, ihr Selbstwertgefühl mit teuren Designerklamotten aufzuplustern.

Sie unterhielten sich angeregt, von Kichern unterbrochen, über Kosmetika und Frisuren. Ana und Damian hatten für den heutigen Abend ihre Neugier insbesondere auf die aktuelle Lyoner Kunstwelt ausgerichtet, aber größtenteils waren die Gesprächsthemen in den Gruppen meilenweit vom Kunstgeschehen entfernt. Als sich die Gesellschaft auf ein Gongsignal zu den dargebotenen erlesenen Speisen und dem Champagner drängte, hatten Damian und Ana das Gefühl, dass das unmittelbare Interesse des Publikums einzig auf die kulinarische Kunst beschränkt war.

Bertrand, der inzwischen zu ihnen gekommen war, machte ihnen gegenüber keinen Hehl daraus, dass diese Veranstaltung nicht nach seinem Geschmack war. Ein angesehener Bankier und befreundeter Mäzen hatte dieses Atelierfest arrangiert, möglicherweise um sein Prestige zu steigern. Schließlich müsse man auch als Künstler einige Zugeständnisse an die Kapriolen der Zeit machen, jedenfalls habe das Atelier solch einen beträchtlichen Andrang noch nicht erlebt.

Nachdem Ana und Damian in dem Gedränge unter allgemeinen Komplimenten und Entschuldigungen das kalte Buffet erreicht hatten und sich einige winzige Trüffelcanapés mit einem Glas Champagner gegönnt hatten, fühlten sie sich wohler.

Damian hatte noch keine anregenden intellektuellen Gespräche ausmachen können. Für einen Großteil der Anwesenden war das ständige Thema eine Fernsehtalkshow, an der einige Gäste, die hier im Mittelpunkt der Neugier standen, bereits teilgenommen hatten. Alle waren bemüht, in einer gewissen Weise fröhlich zu sein, wobei der Champagner an der Stimmung nicht unbeteiligt war. Ana und Damian hatten nicht die Absicht, noch länger zu bleiben, als Bertrand mit einem kleinen, lebhaft gestikulierenden Mann im Schlepptau auf sie zukam, den er ihnen mit Begeisterung vorstellte. Bertrand hatte nicht aufgegeben, nach diesem wichtigen Mann mit dem runden etwas rotbäckigen Gesicht und den schwarzen Locken an den Schläfen zu suchen. Er hatte ihn schließlich entdeckt, von jungen Künstlern belagert und in der Menge eingepfercht. Es handelte sich um einen äußerst tüchtigen

Galeriebetreiber, der viele Fäden im Kunstmarkt in der Hand hatte.

Zu Anas Erstaunen erzählte er ihnen, dass ihm Damians Arbeiten bekannt waren. Zum Beispiel habe er unter schwierigen Umständen von einem befreundeten Kollegen einige Aktbilder Damians erworben und inzwischen wieder verkauft. Er fand besonders die starke Sinnlichkeit der weiblichen Akte sehr spannend, die beim Betrachter einen merkwürdigen Reiz auslöste. Während er erzählte, waren seine Augen auf Anas Gesicht gerichtet. Er hatte in dieser Frau – was kein Zufall war – sofort die Kraft von Damians Malerei erkannt.

Obwohl die Aktmalerei durch die Aktfotografie ganz aus der Mode gekommen war, war der Galerist mit großer Begeisterung daran interessiert, Damians Atelier aufzusuchen. Ana und Damian luden den renommierten Händler und Ausstellungsmacher zum nächsten Wochenende ein. Sie fühlten sich auf einmal sehr zufrieden und unterhielten sich noch sehr angeregt, bis sie doch langsam müde wurden. Damian verabschiedete sich von dem Galeristen mit einem freudigen und sehr kräftigen Händedruck, so dass dieser beinahe in die Knie ging. Ana war erschrocken und umarmte den kleinen großen Galeristen zum Abschied herzlich.

Nach Lyon hatte Ana mit den Ausstellungsvorbereitungen begonnen. Mehr als die Hälfte des Tages war sie jetzt als Damians Assistentin im Atelier tätig, um die Bilder in den Regalen zu sortieren und für die Rahmung vorzubereiten. Ana war sehr erstaunt über die beachtliche Ansammlung von Gemälden, die überwiegend aus Aktmotiven bestand. Sie hatte den Eindruck, dass Damian seinen gesunden Geschäftssinn sehr vernachlässigt hatte. Als sie die Bilder für die Ausstellung auswählten, fiel Ana auf, dass fast alle Modelle seiner Aktdarstellungen einen heiteren, ausgesprochen erotischen Gesichtsausdruck hatten. Während Damian alterte, waren seine Aktmodelle – mit Ausnahme von Ana – nicht älter geworden. Gewöhnlich malte er Frauen in den Dreißigern. Damian hatte nie erwähnt, dass er während des Malens daran dachte, sein Modell zu lieben. Ana erinnerte sich, dass er oft augenzwinkernd bemerkt hatte: *Was ich im Innersten fühle, kommt in der Faszination meiner Bilder zum Ausdruck.*

Ohne nervliche Zerreißprobe hatten sie intensiv in einigen Wochen die schlimmsten Arbeiten hinter sich gebracht, so dass der Galerist mit dem Aufbau der Ausstellung in Paris beginnen konnte.

Anfang Oktober, die Luft roch schon nach Herbst, hatte Ana mit Dr. Corvus ein Wiedersehen vereinbart und war nach Bad Waldborn gefahren. Auf dem Weg dorthin besuchte sie das Grab ihrer Mutter.

Sie hatte ihren Wagen am Eingangstor des Friedhofs im Schatten einer von Kletterpflanzen überwucherten Mauer geparkt. Auf den Friedhofswegen spazierten einige ältliche Frauen und Männer, die hier in ihrer Einsamkeit bei einigermaßen gutem Wetter täglich ein, zwei Stunden verbrachten. Ana konnte sich überzeugen, dass die Grabstätte mittlerweile eingefasst worden war und einen Grabstein bekommen hatte. Angesichts der beträchtlichen Entfernung zu ihrem Wohnort hatte sie damals die Grabpflege der Friedhofsgärtnerei übertragen. Ana schmückte das Grab ihrer Mutter mit einem großen bunten Asternstrauß.

Als sie den Friedhof verlassen wollte, kam ihr zwischen den Gräbern eine sonderbare alte Dame entgegen, die einen schweren abgenutzten Lederkoffer schleppte. Ana platzte spontan mit der Bemerkung heraus: *Wollen Sie hier einziehen?* Die alte Dame musste schmunzeln, blieb aber gelassen, als sie erklärte: *Nein, ich war nur neugierig geworden auf den Besitzer des Autos vor dem Tor. Das Auto hat das Kennzeichen meiner Heimatstadt. Ich bin hergereist, um eine Bekannte zu besuchen, mit der ich zusammen in Urlaub gewesen bin. Sie ist seit einem halben Jahr schwer erkrankt, und ich mache mir sehr viele Gedanken über sie. Das Krankenhaus, in dem sie liegt, muss doch in der Nähe sein.*

Ana hatte die Empfindung, dass ihre humoristische Äußerung nicht ganz angebracht gewesen war. Es war erstaunlich, dass es noch Menschen gab, die sich um andere Menschen Sorgen machen. Ana dachte: *Ich muss nett zu dieser bemerkenswerten Dame sein und sie zu ihrer Bekannten bringen.* Sie gab sich als Besitzerin des Autos zu erkennen und fuhr die Frau zum Städtischen Krankenhaus. Ana verspürte ein Gefühl von Zufriedenheit.

Es war schon später Nachmittag, als sie in Haus Sophienburg ankam. Sie hatte vorher noch ihre Reisetasche ins Schlosshotel gebracht, sich kurz erfrischt und eine Tasse Tee getrunken. Es gefiel ihr nicht, dass der Kellner sie gleich wiedererkannte. Sie hatte gedacht, dass sie vielleicht eine Nacht mit Axel in ihrem Zimmer verbringen könnte. Aber warum sollte sie sich den Kopf darüber zerbrechen? Sie wollte mindestens drei Tage bleiben.

Sie erinnerte sich daran, dass Axel am Telefon flüchtige Andeutungen über eine Tour zu einem Thermalbad-Hotel gemacht hatte. Als Ana vor Sophienburg aus dem Auto stieg, registrierte sie im milden Licht der späten Sonne das schon verfärbte Laub der Bäume. Axel erwartete Ana in seinem Arbeitszimmer und begrüßte sie mit den Worten: *Seit ich weiß, dass du kommst, fühle ich mich so wohl wie lange nicht mehr.* Stürmisch umarmte er Ana und spürte, wie sein Herz raste. Als er Anstalten machte, sie hochzuheben, konnte Ana ihn nur mit Mühe davon abhalten. Atemlos und fröhlich sagte sie: *Mach mich nicht kaputt, eine Frau wie mich sollte* man zärtlich berühren. Sie hatte nicht erwartet, dass ein nachdenklicher Mensch wie Axel so übermütig sein konnte. Liebevoll streichelte sie seine Wangen.

Axel entschuldigte sich für den spontanen Überfall. *Warum sollte ich versucht sein, dich vor Freude zu erdrücken? Meine Ausgelassenheit rührt wahrscheinlich daher, dass meine Frau mit den Kindern ans Meer gefahren ist, es sind Herbstferien. Ich sehe, dass ich nach meiner wüsten Begrüßung an dir etwas gutzumachen habe. Ich hoffe, es wird für dich eine große Überraschung werden.*

Axel zeigte auf eine holzgetäfelte Tür, die neben dem Bücherregal kaum auffiel. *Diese Tür führt zu meinem besonderen Privatbereich, in dem ich versuche, einen meiner Träume zu verwirklichen,* sagte er. Sie betraten einen recht großen hellen Raum, dessen Wände mit Bildern vollgehängt waren, die bis auf ein kahles Rechteck an der Querwand keine Fläche freiließen. Der Boden war mit einem hellgrauen Teppich ausgelegt, in der Mitte befanden sich zwei rote Lederhocker neben einem kleinen Edelstahltisch mit geschliffener Glasplatte. Am Tisch lehnte ein von einer Decke verhülltes Gemälde. Axels Interesse galt überwiegend den Werken der neuen Malerei, die er in den letzten Jahren erworben hatte. Er sagte zu Ana: *Die Kunstsammlung ist der einzige finanzielle Leichtsinn, den ich mir leiste. Jetzt ist es mir unter schwierigen Umständen gelungen, in den Besitz eines Gemäldes zu gelangen, das zwar meine bisherigen Preisvorstellungen übersteigt, aber dieses eindrucksvolle Bild ist ein Werk, das mich ungewöhnlich* stark anspricht. *Es war eigentlich ein sonderbarer Zufall: In einer Galerie, die ich zuvor noch nie besucht hatte, war mir das Bild sofort aufgefallen. In meiner Euphorie musste ich das Gemälde unbedingt erstehen, doch der Galerist hatte zunächst behauptet, das Bild sei bereits einem Kunstsammler versprochen. Also musste ich mich gewaltig anstrengen, um in den Besitz des Kunstwerkes zu gelangen.*

Warum erklärt er mir den Kauf so ausführlich?, dachte Ana und sagte: *Inzwischen bin ich sehr neugierig geworden. Lass mich bitte sehen, welch großartige Kunst du für dein Geld gekauft hast.* Axel spürte eine seltsame Aufregung, als er zur Seite trat und die Decke von dem Bild entfernte. Sein Blick war neugierig auf Ana gerichtet. Ana musste erstaunt lächeln, als sie ihr Aktbild sah, welches der Galerist Köseler vor nicht langer Zeit von Damian erhalten hatte. Das Bild hatte nichts zu verschleiern, nichts zu verbergen und stellte Anas Körper ausdrucksvoll dar. Für Axel war das besonders Erregende daran, dass er Ana so in seiner Erinnerung hatte, seit er mit ihr nach der Fahrt zur alten Mühle in dem Motel zusammen gewesen war.

Axel wartete darauf, dass Ana etwas sagte, und fragte schließlich: *Hat es dir vor Überraschung die Sprache verschlagen?* Er deutete auf das Bild. *Diese schöne Frau gehört jetzt mir, und sooft ich will, kann ich sie jetzt ansehen.*

Warum redete er jetzt so? Anscheinend war es sein Übermut, der ihn zu solcher Rede trieb. Ana erwiderte: *Du bist ein unmöglicher Mensch. Es gibt keine* schönen Frauen, es gibt interessante und es gibt langweilige Frauen. Für das Gemälde hast du ganz schön blechen müssen, der Köseler hat sehr gute Preise. Du hast mich überzeugt, dass ich dir lieb und teuer bin, und ich bin sicher, dass du den Kunstwert des Bildes sehr zu schätzen weißt.

Danke, sagte Axel, *ich stelle fest, seit ich zum ersten Mal in deine Augen blickte, bin ich ein zufriedener Mann geworden, und ich denke, dass wir das Verhältnis zwischen uns noch vertiefen könnten.*

Ich bin erfreut, sagte Ana, *dass du mich so sehr magst, aber wir sollten unsere Kreise nicht zerstören, indem wir Pläne für die Zukunft machen. Die Freuden unserer Liebe sollten wir den zufälligen Möglichkeiten überlassen. Übrigens, habe ich dir schon gesagt, dass ich sehr hungrig bin und gern etwas essen möchte?*

Axel machte sich an seinem Hemdkragen zu schaffen. Sein Gesicht war hochrot. Offenbar konnte er die Gefühle, die Ana in ihm geweckt hatte, nicht in den Griff bekommen. Er hätte gerne etwas Dummes angestellt, ihr die Kleider vom Leib gestreift, ihr die großen Brüste geküsst, sein Gesicht an ihren Bauch geschmiegt. Von der Wärme ihres Körpers konnte er nicht genug bekommen. Es war verrückt, dass er Derartiges tun wollte. Er würde es vielleicht bereuen und sie um Verzeihung bitten müssen.

Seine Sexbegierde nahm ihn eine ganze Weile in Anspruch. Er seufzte, als er aus seinen Gedanken erwachte. *Was gibt's*, fragte Ana, *hast du so lange darüber nachgedacht, ob du mich zum Abendessen einladen möchtest? – Entschuldige*, entgegnete Axel, *ich war im Augenblick nicht ganz da. Ich würde dich gerne zum Essen begleiten, aber da gibt es noch eine Schwierigkeit. Ich erwarte einen Freund und Kollegen aus der Kurklinik, der für zwei Tage in Haus Sophienburg meine Vertretung übernimmt. Es kann etwas dauern, bis der Kollege kommt, aber danach bin ich frei. Ich denke, dass wir noch darüber sprechen müssen, was wir morgen machen werden.*

Ana hätte gern mit Axel gemeinsam zu Abend gegessen. Sie überlegte einen Augenblick und sagte: *Ich habe mörderischen Hunger. Ich fahre jetzt sofort zum Essen ins Hotel.* Schmunzelnd fügte sie hinzu: *Nichts kann mich davon abhalten.*

Es tut mir leid, sagte Axel. *Du kannst ja nicht meinetwegen verhungern. Ich will dich hier nicht festhalten und werde so bald wie möglich nachkommen.*

Das Restaurant war gut besetzt, trotzdem bekam Ana ihr Menü von dem überfreundlichen Ober rasch serviert. Am Tisch nebenan saßen zwei brillantenberingte ältere Frauen mit schlohweißem Haar, die sich ausführlich über Trennkost unterhielten. Ana bestellte sich nach dem Essen noch eine Karaffe Rotwein. Es würde wohl doch noch länger dauern, bis Axel kam.

Ana dachte: *Ich warte hier auf jemanden, mit dem ich ein paar Tage verbringen werde. Das Sonderbare ist, nichts kommt mir an diesem Mann fremd vor, obwohl ich erst einmal mit ihm zusammen gewesen bin. Wir werden in einem eleganten Hotel ein Zimmer beziehen, vielleicht steht dort schon eine Flasche*

Champagner bereit. *Wie ein vortreffliches Paar werden wir ein Thermalbad und eine Sauna besuchen oder eine Wanderung unternehmen.*

Ich spüre keinerlei Anspannung, ich bin zufrieden, wahrscheinlich brauche ich diese Herausforderung durch einen jüngeren Mann. Ich bin mir bewusst, dass ich über sechzig bin. Als ich geheiratet habe, habe ich mir nicht träumen lassen, dass ich vierzig Jahre später, trotz meiner äußerlichen Veränderungen, für die Männer noch eine höchst attraktive Frau sein würde. Ich bekenne, stolz darauf zu sein, dass mein erotisches Lebensgefühl bis auf den heutigen Tag ungebrochen ist. Es wird immer noch so getan, als gäbe es diese Frauen nicht – ich bin nicht anders, aber vielleicht bin ich ehrlicher.

Die letzten Gäste hatten bereits das Restaurant verlassen, und der Ober begann mit dem Auffalten der Tischtücher. Endlich kam Axel hereingestürmt. *Sei mir bitte nicht böse, es tut mir aufrichtig leid, dass es so spät geworden ist.*

Warum sollte ich dir böse sein?, erwiderte Ana, *mit arbeitsgeplagten Männern muss man schon geduldig sein.* Sie fragte Axel, ob er noch etwas trinken wolle. Er bedankte sich für die Nettigkeit und sagte: *Es ist bald Mitternacht. Vernünftigerweise sollte ich nach Hause fahren, und auch du solltest schlafen gehen. Ich vermute, dass wir beide sehr müde sind. Morgen hole ich dich nach dem Frühstück ab. Ich denke, dass wir dann guter Laune sind und unbeschwert losfahren können.*

Du hast Recht damit, sagte Ana, *dass wir uns für heute verabschieden sollten. Ich hatte zwar gedacht, dass wir die Nacht zusammen in meinem Zimmer ver-bringen, aber das hat keinen Sinn, denn wir sollten nicht riskieren, uns unnötig in Schwierigkeiten zu bringen.*

Ana, auch ich hatte mir einen wunderschönen Abend mit dir erträumt, gab Axel zurück. *Aber bei mir ist heute einiges schiefgelaufen. Wir wollen erst gar nicht versuchen, leichtsinnig zu werden. Es gibt eine Menge Hotels, in denen mich keiner kennt. Hier zu Hause bin ich für die Menschen ein achtbarer, fleißiger Mann, der seiner wunderbaren Frau und seinen lieben Kin-dern ein sorgenfreies Leben im gehobenen Wohlstand ermöglicht.*

Ana war aufgestanden und sagte: *Ich glaube, dass wir uns zu viele Gedanken machen. Wir tun kein Un-recht, wenn wir uns mögen.* Sie begleitete Axel noch bis zur Terrassentür und verabschiedete ihn mit den Worten: *Ich hoffe, dass wir beide gut schlafen.*

Am nächsten Morgen kam Axel früher als erwartet. Es dauerte noch eine Weile, bis Ana mit dem Frühstück fertig war. Axel hielt die Wagenschlüssel in der Hand und wirkte etwas nervös, war aber bereit, noch eine Tasse Kaffee zu trinken. Axel wollte möglichst schnell raus aus der kleinen Stadt, wo ihn alles an Frau und Kinder erinnerte. Als er mit Ana im Auto saß, war sein Gesicht freundlich und entspannt. Er saß zurückgelehnt und hatte beide Hände am Steuer, als er vergnügt begann, eine Schnulze zu pfeifen. So heiter und gelassen hatte Ana sich Axel nicht vorstellen können. Er gab ihr das sichere Gefühl, dass es ein schöner Tag werden würde.

Nach stundenlanger Fahrt erreichten sie ihr Ziel. Axel war erleichtert. Es war Zeit zum Mittagessen. Er hatte ein Luxushotel ausgewählt, denn er wollte nicht noch einmal mit Ana in einem trostlosen Motelzimmer zusammen sein. Das Hotel war ein protziger Neubau. Die Möblierung des geräumigen Zimmers war dem Jugendstil nachempfunden. Über dem großen Bett lag eine seidene Tagesdecke. Das weiße Marmorbad und die Toilette waren getrennt. Als Ana unversehens mit ihrer Hand das Bett streifte und sie sich beide innig anblickten, widerstanden sie der Versuchung, obwohl in ihren Augen der Wunsch nach Liebe aufblitzte.

Im prunkvollen Speisesaal eilten die Kellner im Frack diensteifrig von Tisch zu Tisch. Die Gäste unterhielten sich munter, sie schienen reichlich Geld, aber keine Probleme zu haben. Die Damen und Herren waren gut gekleidet, abgesehen von einer Gruppe Filmleute in schlecht sitzenden, aber wahrscheinlich sehr teuren Klamotten. Das Menü auf dem kostbaren Tafelgeschirr und die Getränke waren wundervoll. Während des Desserts war Ana nicht frei von Ungeduld, sie musste immer wieder an das riesige Doppelbett mit der goldgelben Seidendecke denken. Sie betrachtete Axel und zögerte nicht zu sagen: *Ich denke, du bist einverstanden, wenn wir den Nachmittag in unserm Zimmer verbringen. Wir haben zwar reichlich Zeit, doch warum sollten wir den Genuss unserer Vertrautheit bis in den späten Abend hinauszögern?*

Axel hatte auch daran gedacht, sich aber nicht getraut, es ihr zu sagen. Andererseits hätte er gerne noch eine Tasse Kaffee getrunken und mit Ana einen kurzen Spaziergang gemacht. Anas natürliche Unbefangenheit hatte ihn wieder einmal so überrascht, dass er nicht lange überlegte und mit ihrem Vorschlag einverstanden war. Er dachte, um stark zu sein, musste ein Mann erst schwach werden. Kurz entschlossen verließen sie einvernehmlich den Speisesaal – ein Paar wie die anderen Gäste, ein Paar, das nicht unbedingt auffiel.

In ihrem Zimmer waren sie ein jugendliches Liebespaar, das sich in erregter Erwartung stürmisch umarmte, in großer Lust erglühten Sex zu haben. Das riesige Doppelbett wurde umgehend in Beschlag genommen. Ana und Axel vergaßen alles, sie hatten das Gefühl, auf einer unendlichen Reise über den Ozean zu sein, getragen von den Wellen der Liebe. Sie sprachen wenig, wenn sie erschöpft nebeneinanderlagen, der Wechsel zwischen Lieben und Ruhen wiederholte sich bis spät in die Nacht. Nur manchmal huschte Axel kurz aus dem Bett, um Champagner nachzuschenken.

Er war dankbar, dass die Umstände des Lebens ihn mit Ana zusammengeführt hatten. Bereits als er sie das erste Mal gesehen hatte, war es sein Wunsch gewesen, mit ihr zu schlafen. Er tat Dinge, die ihm in der Vergangenheit unmöglich erschienen waren. Wer bestimmte die Moral? Er musste sich eingestehen, dass seine Untreue ihn glücklich machte, aber seine Ehe war ihm nicht gleichgültig geworden.

Als Ana spät am Morgen erwachte, schlief Axel noch wie ein Murmeltier. Sie lauschte seinen tiefen Atemzügen und versuchte ihn mit einem Puff in die Rippen zu wecken, aber er reagierte nicht. Schließlich stand er nach wiederholtem kräftigen Rütteln dann doch auf.

Nach der nötigen Körperpflege kleideten sie sich schleunigst an und waren gerade noch rechtzeitig zum Frühstück. Obschon sie die Müdigkeit noch in den Augen trugen, waren sie nicht schlecht gelaunt. Während ihnen der Kellner den Tee eingoss, hatten sie sich schon eine Weile wortlos gegenübergesessen. Für den Kellner bedeutete ihr Schweigen, dass sie ein lange verheiratetes Paar sein mussten. Als der Tee sie langsam munter machte, entschuldigte sich Axel bei Ana, dass sie so viel Mühe aufbringen musste, bis er nach ihren zahlreichen Weckversuchen endlich aufgestanden war. Trotz einiger Gedächtnislücken erinnerte er sich, dass es für ihn mit Ana im Bett eine außergewöhnliche Nacht gewesen war. Wenn er sich hatte erschöpft zurückfallen lassen, hatte sie ihn immer wieder mit beherzten Lustworten und erregenden Bewegungen zum Weitermachen hinreißen können. Er fragte sich: Ist die Frau wirklich schon sechzig oder erst dreißig? Ohne Zweifel, was die Nacht mit Ana betraf, so hatte er so etwas lange Zeit vermisst.

Nach dem ausgiebigen Frühstück wanderten sie auf Axels Vorschlag über die Kurallee am Seeufer entlang. Es war ihnen nicht gerade behaglich zumute. Die Luft war feucht, es hatte in der Nacht geregnet, die Nässe tropfte noch von den Bäumen. Die wenigen Menschen, die ihnen begegneten, hielten die Schirme geöffnet. Mittlerweile fand Axel seine spontane Idee, einen Spaziergang zu machen, nicht mehr gut. Nach einer guten Stunde Fußmarsch fuhren sie mit dem Taxi zurück ins Hotel. Sie fanden es vernünftiger, den Nachmittag in der Therme zu verbringen, und tummelten sich in ausgelassener Heiterkeit bis zum Abend in den Bädern.

Etwas erschöpft, aber in Hochstimmung waren sie auch noch in die Sauna gegangen. Ana hatte überlegt, ob sie nicht zum Abendessen ein kleines Restaurant aufsuchen sollten. Axel war einverstanden, und nach längerem Suchen landeten sie in einem alteingesessenen Speiselokal. Die gemütlichen Räume wirkten keineswegs antiquiert, die kleinen Tische waren nett in blassrosa Farben eingedeckt. Sie wählten ein Fischmenü mit überbackenem Zanderfilet.

Axel hatte das dringende Bedürfnis, einen Gin zu trinken. Ihm war eingefallen, dass sie morgen früh schon wieder abreisen mussten. Er fragte Ana, ob sie nicht eifersüchtig wegen seiner Frau sei, die er trotz ihrer komisch prüden Gesinnung als Mutter seiner Kinder sehr verehrte. Er hatte gar nicht die Absicht gehabt, mit Ana über die Situation ihrer Beziehung zu sprechen, aber nach den unbeschwerten Stunden, die sie miteinander verbracht hatten, bedrängte ihn plötzlich diese törichte Frage nach der Eifersucht. Ana sagte: *Ich beschäftige mich nicht mit den familiären Verhältnissen eines Mannes, mit dem ich zusammen bin.*

Sie machte eine Pause und lachte. *Wo ist das Problem? Wenn deine Frau keinen Sex mit dir hat, dann habe ich ihr doch nichts weggenommen. Es ist ein Jammer, wenn die Menschen sich in sexueller Eifersucht selbst verlieren. Sex ist für mich Sex. Wenn es mich reizt, mit jemandem ins Bett zu gehen, müsste das als etwas so Normales aufgefasst werden wie Tangotanzen. Ob ich glücklich bin oder nicht, hängt nicht von Treue ab.*

Axel antwortete: *Ich habe nicht gewollt, dass wir heute Abend über Treue und Eifersucht diskutieren. Ich bin jedenfalls der Ansicht, dass die Moral uns nicht zur Wahrheit führt. Die Wahrheit liegt in uns selbst.*

Ana erwiderte darauf: *Für mich bist du ein großartiger Mensch. Wenn wir uns trennen, werde ich die Zähne zusammenbeißen müssen.*

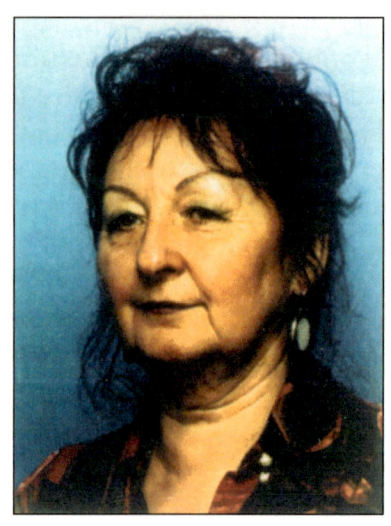

Aliesa Frigger

Lebt im Rheinland,
45 Jahre verheiratet, 2 Söhne

Ausbildung als Erzieherin,
Arbeit in verschiedenen Projekten
der Frauenbildung